救救动物！

没有大象的动物园

〔日〕岩贞留美子 著

〔日〕真斗 绘

姚奕崴 译

人民文学出版社
PEOPLE'S LITERATURE PUBLISHING HOUSE

目录

主要出场人物

○菅谷
故事的主人公。
上野动物园的大象饲养员。

○古贺兽医
与菅谷同岁。
是一位热心肠、值得信赖的兽医。
后来成为园长。

○福田
上一任大象饲养员。
“二战”期间担任代理园长。

○诺帕库
与花子一同从暹罗来到日本的驯象师。

引　子

“真棒，团希，做得真好！”

我从口袋里掏出切成小块的红薯奖励给它。

“哼、哼。”

团希的鼻尖轻巧地触碰着我手里的红薯。

温热的鼻息从手上拂过。

团希灵活地用鼻子从我的手里抓起红薯，然后轻盈地丢入口中。

它的脸上仿佛露出了一丝笑意。

第一章

1. 约翰与团希

地处东京的上野动物园于 1882 年开园，是日本第一座动物园。

这座我们工作的动物园曾经是皇室的私产，由宫内省负责管理，到了 1924 年，为了庆祝当时的皇太子殿下（后来的昭和天皇）新婚，皇室便将这座动物园赐予了东京市。

于是这座动物园便开始面向普通市民开放。为了让广大游客能够欣赏到各种动物，越来越多的动物被送到了这里。

饲养员们也都干劲十足，想要把它建设成为一座出色的动物园。

这年春天，新的大象馆建成了。

可是大象馆里没有大象。原来的那头公象因为脾气不好，还被关在另一个地方。

没有大象的大象馆。

没有大象的动物园。

这就好比是炸猪排饭没有猪排，让人感觉怅然若失。

不过，夏天便有了好消息。

“大象到达的日子，定下来了！”

那天，我们这些饲养员正在饲料仓库给狗熊准备食物，福田跑来把这个天大的喜讯告诉了我们。

是吗？大家纷纷停下手头的工作，齐刷刷地看向福田。

高大魁伟、威风凛凛的大象是动物园的明星动物。我们每一名饲养员自然也是心里痒痒，都想去当大象饲养员。

“菅谷，你来一下。”

“叫我吗？”

这一年福田三十岁。他比我年长九岁，身材魁梧，聪明睿智而且性格开朗，是一位有担当、可信赖的领导。

刚刚顶着盛夏的炎炎烈日一路跑到饲料仓库的福田，都没顾得上擦去额头的汗水。他的脸庞被晒得黝黑，笑吟吟地看着我。

“就由你来照顾大象吧。”

“真的吗?!”

我不由得从椅子上跳了起来。

喜悦之情溢满心头。

我傻傻地盯着福田。

原本就不善言辞的我这时候更不知道该说些什么。

福田笑着拍了拍我的肩膀，像是在对我说“加油”。

那是10月份的一天，秋高气爽。两头来自印度的印度象抵达了动物园。

约翰是一头六岁的公象。团希是一头四岁的母象。

一头成年大象的身高能够超过三米，但此时的约翰也就和我差不多高。团希则勉勉强强与我肩膀齐平。

它们还算不上是威风凛凛的大象，只不过是两个圆滚滚、胖嘟嘟的小孩子。

我走到团希身边，轻轻地抚摸它的后背。

团希灵活地把它长长的鼻子伸向我，闻我身上的味道，像是在问“这是谁”。它鼻尖内侧是粉红色的，像猪鼻子一样有两个大大的鼻孔。鼻尖微微翕动，小心翼翼地试探着，想要弄清楚我这个人究竟可靠不可靠。

“你不用害怕。”

我说着“嘭嘭”地拍了拍团希的后背。

它的皮肤很厚实，硬邦邦的。不过我的掌心依然能透过皮肤感受到一丝暖意。尽管灰色的后背给人一种凉飕飕的感觉，但其实大象的身体是暖融融的。而且大象的后背上还稀稀落落地长着十厘米长的粗毛。头顶上更是乱蓬蓬的，毛发尤其多。

也许是闻过我的气味之后打消了戒心，团希把脸凑了过来，仿佛在说“来玩吧”。

“你很亲近人类嘛。”

我不禁露出微笑。

约翰和团希被领进了新的大象馆，它们对这里

很满意，也很快适应了动物园的生活。

大象馆由一圈围栏构成，游客可以观看约翰和团希的饮食起居。但是面积狭小，也没有可供大象自由活动的运动场。

为了让正处在活泼好动年纪的约翰和团希能够得到充分的运动，我决定把它们放出围栏，让它们在动物园的园区里散步。

“好啦，出来吧。”

我招呼着它们，牵动拴在它们脖子上的绳子，两头大象老老实实地走出了大象馆。

“菅谷。”

我回头一看，是福田在叫我。

“看上去约翰和团希已经完全适应这里了嘛。”

我听出这句话是在夸奖我，脸上有些泛红。

看我停下了脚步，约翰拽了拽绳子，像是在说“喂，快点走呀”。

我微微欠身向福田致意，然后继续散步。

“吧嗒、吧嗒、吧嗒。”

一般大象走路都是四平八稳地一步接着一步，

不过这两头幼象走起路迈着小碎步，步伐还比较短。这也让它们看上去十分的可爱。

不一会儿孩子们便围拢过来。

两头大象走着，身后跟着乌泱泱的一群游客。不过无论是约翰还是团希，仍旧不紧不慢地走着，丝毫没有受到身旁孩子们的影响。

它们散着步，时不时地走近动物园里种植的树木，伸长鼻子，吃树上的叶子。真是名副其实的“食草误事[①]”。

“哇！”

“它们正在吃树叶，在吃树叶呢！”

“真厉害，它们的鼻子可真灵活！”

大象用鼻子卷起树叶送入口中，引起孩子们阵阵欢呼。

我甚至也按捺不住地想要大声地夸赞一句：

“你们看，大象是不是很厉害？”

眨眼之间，约翰和团希便成为动物园的大明星。

---

① “马因吃路边的草而耽误了行程”，日本俗语，指在去往目的地的途中因为小事而浪费时间。——译注

约翰喜欢搞点恶作剧。

有一次，园长正站在梯子上维修大象馆的铁皮顶棚。

其实，大象在走路时几乎可以不发出任何声音。尽管它们足足有几吨重，但是走起路来却是静悄悄的，并不会像人们想象的那样发出“咚咚”的脚步声。

之所以不会发出声音，是因为它们粗大的脚跟上长着软绵绵的肉垫。想必这是为了避免在走路时惊扰其他栖息在森林里的动物。

约翰悄悄地走到梯子旁边。

它伸出长鼻子，猛地一下撤掉了园长的梯子！

“哎呀！”

园长从梯子上掉下来，摔了一个屁股蹲儿。那一瞬间园长被摔迷糊了，不知道发生了什么。随后等他意识到是约翰撤掉了自己的梯子，不禁无可奈何地长叹一声。

“你看看你，约翰！”

园长一边训斥着约翰，一边揉着屁股。

原来不久之前园长曾经捉弄过一次约翰，约翰始终记在心里，这次便是报复一下园长。

在场的饲养员们对前因后果都很熟悉，一个个笑得前仰后合。约翰看着园长，得意扬扬地晃悠着鼻子。

不过，就是这样的约翰，有时候也会很胆小。

那天约翰正在大象馆里悠闲地散步。

鼻子忽左忽右，甩得老高，巨大的耳朵呼扇呼扇，像是两把大蒲扇。自己正玩得开心。

忽然，它发出一声从未听到过的尖叫，返身逃跑，一溜烟地跑了过来。

“约翰，怎么回事呀？”

大家赶忙看向约翰受惊的地方。原来是一只小老鼠，在那周围窜来窜去。没想到比人都要大好多倍的约翰，竟然会害怕只有人拳头大小的老鼠。

“别看个头儿长得这么大，终归还是个小孩子啊。”

我拍着约翰的后背，安慰道。约翰一直往我身后躲，坚决不靠近老鼠。

一天，饲养员们在给动物准备食物的时候，聊起了动物各式各样的睡姿。

“豹子特别可爱。睡觉的时候像小猫咪一样。”

负责豹子的饲养员得意地说道。

“有时候睡着了，还会四脚朝天，摆成一个‘大’字呢。一定是因为它信任我，对我完全放心，才会这样睡觉。”

豹子饲养员面带微笑，仿佛是在谈论自己的孩子。

长颈鹿饲养员开口道：

“长颈鹿睡觉的时候是卧在地上，然后把长脖子弯折到身后。”

“我还以为长颈鹿也是像马那样站着睡觉呢。”

“才不是呢。长颈鹿个子那么高，站着睡觉的话，不等于是在告诉猎食者说‘我在这儿’嘛。”

大家放声大笑。

“大象怎么睡觉？”

有人问我。

“大象嘛。”

大象的睡姿就像是毛绒玩具。

身体侧卧，粗壮的腿几乎不打弯，直挺挺地伸着。

圆滚滚的大象这么侧着一躺，显得格外可爱。

“哎，原来是这样，真可爱啊。”

“下次晚上巡逻的时候我可要好好看一看。”

约翰和团希都侧卧着浑圆的身体，香甜地睡着大觉，一天天茁壮成长。

2. 训练

约翰和团希越长越大。

它们的饭量也与日俱增，单单是每天给它们准备几十公斤的食物，都是一项十分艰巨的工作。

不过，只要看到约翰和团希吃饭的样子，就算再辛苦，我也觉得很幸福。

大象吃饭，用的是它们灵巧的鼻子。

它们先用鼻子抓住堆在地上的青草，然后向内一卷，不多不少刚刚好地卷起能一口吃掉的分量。

有时候稻草是一捆一捆的。如果想要卷起一口，整捆稻草都会被顺带着卷起来。它们遇到这种情况时，便会很聪明地用前腿踩住稻草捆的一头，然后再用鼻子从中抽取一口的分量。

稻草越吃越少，东一撮西一撮地散落在地上时，它们就会把鼻尖贴在地上，由近及远地画螺旋形。用这种方式把四处散落的稻草聚拢成一堆，再

用鼻子卷起来。

当剩下的稻草更少了的时候，它们的鼻子会向内弯曲，把之前用画螺旋的方式聚拢起来的稻草兜起来，然后再把鼻尖弯成钩形，像吸尘器一样，把兜起来的细碎的稻草吸进鼻子。

一遍、两遍、三遍……

鼻尖灵活地弯曲转动，把稻草吸进鼻子里，直到稻草积攒到一定数量，再把鼻子伸进嘴里，微微仰头，把鼻子里的稻草送入口中。

“真是了不起呀。”

喝水的时候也是一样。鼻子就像是一根吸管，把水吸进鼻腔，然后再喷进嘴里。

我看得入迷。它们把稻草和水吸进鼻子里，竟然不会被呛到（其实偶尔也会失误呛到）。

大象的鼻子就相当于人类的手。看着它们如此灵巧地用鼻子吃着东西，我不由得暗暗称赞。

有时候，团希还会翻我的口袋。

因为我的口袋里总是装着方糖、红薯块之类的小零食。

大象们认真听从我的指令的时候，我都会奖励给它们一些这样的零食。但是，有时团希会趁我不注意的时候偷偷翻我的口袋。

“团希！你干什么呢？”

我感觉到了团希鼻子的动静，连忙捂住口袋。

团希的鼻尖“呼哧呼哧”地四处闻着。

印度象鼻子的鼻突部分比较长，能够抓取很小的物体。

面对如此聪明灵巧的动物，我是一刻也不敢大意。不过，这些就像是我的孩子一样的大象，又是如此的可爱。

约翰和团希要接受训练，学习杂技了。

那段时间，东京的马戏团犹如雨后春笋，动物杂技表演逐渐获得观众们的喜爱。上野动物园也决定让大象学习杂技，向游客展示大象聪明的头脑。

其实，大象不仅是一种智商很高的动物，而且身体非常灵活。

有一天我牵着约翰散步。我边走边琢磨着什么事，忽然一个趔趄，失去了平衡。为了不让自己摔倒，我的脚向一旁伸去，可是就在此时，约翰的脚落了下来。

那一瞬间，我心说“这下完了！我的腿要被踩断了”，然而约翰又轻快地把脚抬了起来。原来它已经注意到了我的腿，于是收住了脚，以免踩到我。它的反应速度可真快啊。

“约翰，谢谢你。”

我从口袋里掏出红薯喂给约翰，又向它道谢。

为了训练大象，动物园从位于印度孟买市郊的一座村庄请来了一位名叫巴耶萨普·伽马的驯象师。这位驯象师技艺精湛，很快约翰和团希就学会了不少本领。

比如说用三条腿站立、踩圆木等。

动物园的游客络绎不绝，纷纷前来观看约翰和团希的杂技表演。动物园也逐渐热闹起来。

1926 年的一天，发生了一起演出事故。

与往常一样，那天依然是伽马带领大象表演杂技。游客们也都兴高采烈，沉浸在表演之中。然而就在表演临近尾声的时候，一位游客忽然把一个夹心面包扔到了约翰的身边，或许是想要奖励一下约翰。

约翰立马伸长鼻子，想要抓起面包。

可是这时候，伽马已经一脚把那个面包踢到了围栏外面。从伽马的角度来说，在表演期间是不能让约翰吃面包的。

但这让约翰勃然大怒。它随即冲向伽马，庞大的身躯撞在了伽马身上。

约翰的举动也许只是想表达“我想吃面包，可你为什么要把它踢走”的意思，但是它的举动已经弄伤了伽马。尽管伤情并不严重，伽马还是因为这次惊吓离开了动物园。

约翰和团希的训练也就此中断。

从这次事故以后，约翰也渐渐不再听我们的话了。

虽然大象表演无法继续，但是我们这些饲养员依然在忘我地工作着。

为了让入园的游客们能够开心快乐，为了建设日本独一无二的现代化动物园，大家七嘴八舌各抒己见。

“铁栅栏碍事儿，不方便看动物。”

“给人一种很压抑的感觉。”

“要不就拆了吧。”

“那怎么行，没了栅栏动物还不都跑了。”

“那把栅栏拆了，换成围墙怎么样？”

“能关得住动物的围墙那得多高呀，这么一来不就看不见动物了嘛。”

“唉，说的也对。”

“那就没办法了吗？”

“对了！要不在墙里面挖上一条沟吧。挖一条沟，围墙自然就显得高了，动物也就跑不出来了。好像欧洲就有动物园是这么干的。”

“这个主意不错。试试看吧。”

动物园改造计划就此展开。

1927 年，日本第一座无栅栏动物园区落成。这座园区是北极熊馆。北极熊活动场上修建的那座足有三百平方米的巨型游泳池也成为热门景点。

每当巨大的北极熊“扑通”一声跳入游泳池，都会引来游客们的欢呼喝彩。看着游客喜笑颜开的面庞，我们感觉自己的努力付出都是值得的。

黑熊馆、棕熊馆、海狗馆、天鹅馆，动物们的新家一座座建成，入园游客数量也屡创新高。

也是在这个时候，一位刚刚毕业于帝国大学（现在的东京大学）农学部兽医专业的年轻兽医来到了动物园。

古贺兽医与我同岁。他才华横溢，原本是要去农林省（现在的农林水产省）就职，他却说自己“热爱野生动物胜过热爱家畜”，于是放弃农林省的职位，来到了动物园。

对于我们饲养员而言，没有什么比负责的动物生病更让自己揪心的事了。而古贺兽医的到来能够为我们排忧解难，他会认真聆听我们讲述病情，并且与我们一同探讨治疗方案。

那段时间，我一直在考虑重启从伽马走后就中断了的杂技训练。我觉得只要大象们能够更听话一些，那么恢复它们的训练状态应该并非难事。

1931 年，一位名叫石川的日本人毛遂自荐，说他能够训练大象。然而，自从导致伽马受伤之后就变得性情乖戾的约翰并不接受石川的训练方法。

石川对待大象非常严厉，很快就用上了驯兽棍，以此强迫大象学习技能。那一天，同样是因为约翰稍稍违背了石川的指令，石川就用棍子戳了约翰的前额，其实力量并不算大。

结果，约翰把象牙对准了石川。可能它是想告诉石川，“我很疼，你别戳我”。

约翰的象牙只是微微晃动了一下，但是它是一头公象，象牙已经长得很长了，而且由于它体形巨大，力气也格外大。

象牙插进了石川的胸膛。石川就这么死了。

“杀人象。”

从那天开始，约翰就落得这样一个名声。

“那只是一次意外。约翰并不想杀人，也没有杀人。”

然而任何解释都无济于事。

杀人象。如果再发生伤人的情况，那么其他的动物园也不会再接收它。到了那一步，约翰就不得不被杀掉。

从那天起，动物园延长了约翰上锁链的时间。

生活的巨大变化，让约翰的反抗心理变得更加强烈。

我对此无能为力。

第二年，毗邻大象馆的猴山完工了。

这是日本第一座猴山。猴山石头的布局仿照的是日本的山水画，因此宛若一座具有日本特色的真正的山峰。为了营造出这份格调，工匠们一定下了很大力气。

日本猴山当然要养日本猴。万事俱备，却偏偏弄不来最重要的日本猴。最后没有办法，只好先养着原产外国的食蟹猴。

然而就在这时，出现了一个意想不到的情况。

食蟹猴非常擅长跳跃，而参照日本猴的跳跃能力设计的围墙对于它们来说就显得太低了，这样一来它们势必要跑到围墙外面。那样的话可就麻烦了。于是，为了防患于未然，我们在紧贴着围墙的地方挖了宽沟，而且考虑到猴子讨厌水，我们又给沟里灌上了水。

可是又出现了新的问题。

猴子们追逐打闹，有些猴子会在逃跑时慌不择路，跳进这条水沟。沟里的水又很凉，结果很多猴子因此生病，甚至有的还病死了。这又让人十分头疼。

古贺兽医为了救治猴子，忙得焦头烂额。

其实只要把食蟹猴从猴山上转移到其他地方就可以了，但是这样一来这里就不再是猴山了，只剩下一座光秃秃的“山”。

“必须尽快把日本猴弄来！”

终于，日本猴来了，替换了食蟹猴。

想必负责猴子的饲养员和古贺兽医也都长长地松了一口气。

3. 狮子的妈妈是斗牛犬

1932年，约翰和团希来到动物园已经八年了，我也二十九岁了。

这一年约翰十四岁，团希十二岁。大象的平均寿命约为五十岁，它俩这个年龄差不多相当于人类的高中生。不过，它们已经成长为需要仰视的庞然大物了。

自从伤人之后，约翰就渐渐被禁足了，为了解决它缺乏运动的状况，我一直在想办法，终于，大象馆建起了一座带池塘的运动场。

这座运动场与北极熊馆一样，紧贴围墙挖了一圈很宽的沟，防止大象轻易靠近围墙。

池塘长年注水，大象可以尽情玩耍。

大象不会排汗，它们都是“吧嗒吧嗒”地扇动着像扇子一样的耳朵来给身体降温。而且它们的耳朵上长着很粗的血管，当耳朵的温度下降，整个身体也会随之凉快下来。

不过，真到了酷热难耐的时候，就需要用玩水的方式来降温了。它们会用鼻子吸水，然后喷遍全身，或者是一骨碌躺在水里。

池塘已经建成，大象们应该能舒舒服服地度过炎炎夏日了。不知道它们喜不喜欢这座运动场。

我心里想着，打开了运动场的大门。

团希一边小心试探着这个新地方，一边慢悠悠地走进了运动场。

恰逢春暖花开。上野动物园的几棵盛开的樱花树撒下缤纷的花瓣，仿佛在说“欢迎来到运动场”。

团希追逐着花瓣，挥动鼻子，想要抓住它们。

在落雪般轻舞飞扬的花瓣中，它仿佛在跳着欢快的舞蹈。

8 月，传来一个喜讯。

一直由我们动物园负责照料的、埃塞俄比亚皇帝赠予日本皇室以示友好的两头狮子，公狮阿里和母狮卡特里娜，产下了一窝小狮子。

一年前它们刚刚抵达动物园的时候，由于经历了海上的长途跋涉，它们体形消瘦，毛色黯淡，不禁让人暗暗揪心。

不过，经过狮子饲养员尽心竭力的照顾，它们顺利生下了孩子。动物园的每一名工作人员都为此感到分外高兴。

两只小狮子都是公狮，分别起名为“富士”和“樱花”。

一只小公狮起名“樱花”，多少显得有些嗲，但是大家还是想给它起一个日本风格的名字。

刚生下来的幼狮是这么小，几乎都能捧在手掌心上。它们还没有睁开眼，像猫似的“喵喵”地叫着。

可是，或许因为这是卡特里娜第一次生孩子，它有些不知所措，不仅不给小狮子喂奶，甚至背对着它们，躲得远远的。

等了一整天，仍旧没有任何改观。这样下去小狮子会被饿死的。无奈之下，只好由人来喂它们。

古贺兽医率先顶替上了小狮子妈妈的角色。

总之是要让小狮子喝上奶。但是那个年代还没有供动物吃的奶粉，能够找到的只有牛奶。

古贺兽医先尝试着用浸泡了牛奶的脱脂棉在小狮子嘴边蘸一蘸。可是小狮子不开口。因为脱脂棉的触感和妈妈的乳房实在是相差太远。

接着他又买来了人类婴儿使用的带橡胶奶嘴的奶瓶。用这种方式给小狮子喂奶，小狮子慢慢地开始喝了。

然而好景不长，小狮子又开始拉肚子了。

“这是出了什么问题呢？”

古贺兽医多方调查，这才明白原来作为食草动物的牛和作为食肉动物的狮子，二者母乳中“乳糖”成分的含量是不一样的。牛奶的乳糖浓度更高。

“那就把牛奶冲淡了试试吧。”

然而用水冲淡牛奶之后，小狮子拉肚子的症状仍旧没有好转。

古贺兽医又做了一番研究，发现狮子的奶水中“脂肪”和“蛋白质”的含量更高。

“可能是这两种成分不足导致的吧。”

于是他又在牛奶里加入了鸡蛋黄。可是结果还是一样。小狮子照样拉肚子。

难道说牛奶本来就不适合狮子？

小狮子“喵喵”地叫个不停，也不知道是饿的还是肚子疼。

“不知道羊奶行不行。”

虽然同为食草动物，但是牛羊还是有区别的。反正牛奶不行，不妨试试别的。

试着给小狮子喂了从动物园里的山羊那里挤来的羊奶，果然不再拉肚子了。

每天晚上，古贺兽医都会把小狮子带回自己家，在房间里铺上干草，让小狮子睡在上面，然后用毛巾和暖水袋给它们保暖。

尽管古贺兽医如此尽心竭力地照料小狮子，不知道为什么小狮子还是一天天地消瘦下去。

“羊奶也不行啊。这可怎么办呀。”

古贺兽医左思右想，决定试试狗奶。

狗是一种杂食动物，也能吃肉，或许比那些只吃草的牛和羊要好一些。可是想要取狗奶的话，又不能像牛羊那样去挤奶。

这该如何是好?

“要不找一条母狗来给它们喂奶吧。”

古贺兽医找来动物园的老熟人，一个鸟兽商人，请他帮忙找一条刚刚生过小狗的母狗。如果是刚生过小狗，那么应该是有奶的。

最开始商人找来的是一条牛头梗。但是这条牛头梗对小狮子不理不睬，根本不靠近它们。

小狮子也是一样，对牛头梗一点也不亲近。

“看来让狗来喂养小狮子，有些困难啊。”

但是古贺兽医没有放弃。

他又去找到了鸟兽商人，这次带回了另一条母狗。

这是一条别名“蔫儿坏”的斗牛犬。狗如其名，这条狗看上去老实巴交，实则调皮捣蛋，但似乎小狮子们一下子就喜欢上了这个“妈妈”。

小狮子把鼻子凑近“蔫儿坏”。

“蔫儿坏”也不停地闻着小狮子们身上的气味。

随后“蔫儿坏”侧身卧下，露出了肚皮。小狮子们随即上前吸吮起来。

“成功啦！”

不过古贺兽医不敢掉以轻心。

狮子属于猫科。狗和狼一样，都属于犬科。为了让这两个不同的物种能够和睦相处，古贺兽医把它们的大便交叉涂抹在对方的身上，从而让它们记住彼此的气味。

辛苦努力也有了回报，它们仨的关系就像是真正的母子一样。

“蔫儿坏”舔舐着小狮子的屁股，帮助它们排便。

小狮子们玩耍时也会用前爪搂住“蔫儿坏”的脖子，或是跳到它的背上。很快，两头小狮子的拉肚子就痊愈了，也渐渐地胖了起来。

终于能让人松一口气了。

两头小狮子在差不多两个月大的时候长出了小牙。这之后，就可以给它们一点点地增加肉食了。

“蔫儿坏”的“奶妈”生涯也随之结束了。

4. 动物幼儿园

就在“蔫儿坏”大显身手的第二年，母狮卡特里娜又生下了三头小狮子。

这次卡特里娜意识到了自己“母亲”的身份，把小狮子喂得很好。

这一年很多动物都生了孩子，每座园区都能看到可爱的小动物。

同年夏天，古贺兽医向饲养员们提出了一个建议。

“要不我们建一座动物幼儿园吧？”

“什么是动物幼儿园？”

野猪饲养员似乎很感兴趣，凑上来问道。

“就是只有小动物，所有小动物一起喂。”

“把山羊和狮子放在一起吗？那可是会被狮子攻击的呀。”

山羊饲养员的意思是狮子肯定会把山羊咬死的。

狐狸饲养员也是一脸担忧。

“在没长牙之前，没问题的。你们看小狮子不就从不攻击人嘛。”

确实如此。无论是小狮子还是小熊，在饲养员怀里都很乖巧。

于是我们把卡特里娜的孩子之一,一头小母狮子放进了一座围栏围起来的开阔地。还放进去了三只小母狐狸、两头小野猪和一对山羊母子。

果然与古贺兽医预想的一样，狮子并没有攻击山羊，小动物们和平共处。

“棕熊应该也可以。”

两天后，小棕熊也加入其中。

狮子和棕熊很快成了要好的玩伴。它们俩嬉戏打闹，像亲兄弟似的。

敏感多疑的小狐狸被狮子和棕熊吓得四散奔逃。狮子虽然也在后面追赶，但是狐狸的身手更加敏捷，跑得飞快，从来没有被抓住过。

渐渐地，有一只小狐狸和狮子混熟了。有时候还能看到它贴在狮子身上打盹。

“你看呀，相处得真好。”

看着狐狸和狮子相互依偎的样子，狐狸饲养员惊讶地说道。

野猪用前腿在游乐场上挖沙子玩。它们很喜欢恶作剧，会用鼻子拱狮子的前爪来捉弄狮子，然后被生气的狮子追得满院子跑。

山羊母子蹦蹦跳跳，随心所欲地玩耍着。

“哇，好可爱呀！”

“妈妈，你看狮子和熊在一起玩呢。”

“大家都相处得很好啊。”

“太厉害了，真棒。”

动物幼儿园很快便远近闻名。

不同物种的小动物生活在一起，不论是食草动物还是食肉动物，都愉快地在一起玩耍。

不过，成熟较早的狮子越长越大。它与狐狸的体格差距变得非常明显，已经不能在一起玩了。

狐狸也渐渐地不再靠近狮子。

而在将近两个月大的时候，狮子长出了牙。天性使然，它有时会扑向山羊，开始展现出猎食

者的雏形。

一次闭园以后，我路过动物幼儿园，看到古贺兽医蹲在围栏外面，目不转睛地望着幼儿园里面。

只见幼儿园里的狮子压低身子，死死盯着山羊，山羊则蜷缩着身子，被吓得瑟瑟发抖。

我停下了脚步。

古贺兽医看见我，站起身说道：

“没办法，这是狮子的本能。”

古贺兽医边说边对我耸了耸肩。

我们一起看向幼儿园，不一会儿，古贺兽医目视前方，对我说道：

“菅谷，你知道吗，食肉动物只会杀死足够它们吃饱的分量的动物。”

“只会杀死足够它们吃饱的分量的动物。”

我像是自言自语一般重复了一遍，感觉自己受益匪浅。

我瞟了一眼古贺兽医。

“没错。它们是为了维持生命。只有人类才滥杀无辜。”

我点点头。

开园的两个月后，动物幼儿园关闭了。

山羊饲养员像是心里的一块石头落了地，把山羊牵回了羊圈。

而直到最后，小狮子和小熊都相处得很融洽，它们一同玩耍，从来没有过争吵打斗。

相互理解的心灵能够超越物种。

友谊能够跨越千差万别的相貌、体态和毛色。

这一切是多么的美好。

5. 花子来了

1935 年，一座宏伟的新象馆建成了。为了让游客一眼就看出这里是大象馆，还在馆外雕刻了一张伸着长鼻子的大象的脸。

大象馆内用铁栅栏分隔成三片区域，约翰和团希都可以舒舒服服地在自己的房间里休憩。

难得空出一个房间，于是动物园便想要再养一头大象。

恰逢当时暹罗（现在的泰国）儿童访问团赴日，作为两国友好的见证，他们向日本赠送了一头印度象。

既然象征着两国友好，那么这头大象一定很听话。

原本印度象就要比非洲象更加温顺，而且暹罗人又倾尽举国之力，寻找最优秀的大象。

最终，他们在一个偏远的村落选中了一头干农活的十八岁母象，旺莉。

初春时节，旺莉离开了久居的村子。在十余名男子的前呼后拥中，徒步走向五百公里外的曼谷。这段路途差不多花了一个半月的时间。

旺莉在港口坐上了巴达维亚号商船。这艘船特意为它准备了一个房间，里面放满了椰枣叶、葫芦和它爱吃的甘蔗。

出港后的头两三天旺莉还有些紧张，不过很快便放松下来。

之后在 6 月 3 日，这艘运送旺莉的船抵达了神户港。

古贺兽医、饲育主任福田还有我，前去港口迎接。

“准备，起吊！”

船上传来一声嘹亮的号子声。

抬头一看，只见身上系着好几条粗带子的旺莉被起重机吊了起来。

旺莉就这么被吊在半空中，那高度让人头晕

目眩。

它的四条腿在空中游来荡去。

假如这时候有一根带子断了，那么旺莉就会从那么高的地方大头朝下地摔下来。

也许是因为害怕，旺莉一动不动。我们都想要让它快点降落地面，但是这时候如果太仓促而失去了平衡，后果将不堪设想。

“别乱动啊！”

“快啊，快点降落地面！”

港口人山人海，大家都在目不转睛地望着旺莉，心中为它捏着一把汗。

吊臂缓缓移动。

还有一点距离。只剩一米了……

终于，旺莉平安降落，踏上了日本的土地。

在港口的专用轨道站台，已经为旺莉备好了特制的货车车厢。

不过这节车厢的出入口并不像客运车厢那样是在侧面，而是在后面。旺莉要先走下站台，然后再从铁轨走上车厢。

这时旺莉的两条前腿还拴着防止它突然撒野乱动的铁链。

拴着铁链无法走下站台，但又不敢轻易给它打开。

“这怎么办？”

正当我们犯愁的时候，旺莉把两条前腿并在一起，很轻盈地跳下了站台。

“身手了得呀。”

旺莉灵活的动作不禁让我心中惊叹。

车厢入口处距离地面有一定的高度，因此用板子搭了一个斜坡，可是旺莉并没有直接走上去。

它停下脚步，用长鼻子触碰板子，鼻尖“噗嗤噗嗤”地嗅着气味。

它用鼻尖捏住板子的侧面，像是在观察板子的厚度。

“吭哧吭哧吭哧……”

犹豫片刻之后，它似乎确认了板子足够结实，便走上板子，进入车厢。

车厢里是搭乘同一条船来到日本的三位暹罗驯

象师，他们是提前上的车。

旺莉走进车厢以后，他们便给它拴上了锁链。

先是右前腿和左后腿，然后是左前腿和右后腿。锁链呈“×”型，而后再固定在车厢地面上了。

这样一来旺莉就不能轻易乱动了。

我按照古贺兽医的吩咐也上了车，要将旺莉一直护送到东京。

“菅谷，这个给你。”

古贺兽医表情严肃地递给我一把枪。

我惊讶地看着他。

“万不得已的时候，用得上。”

我连忙摇摇头。

“不行。这我怎么下得去手。”

我知道，这时候我的脸都吓得僵硬了。

古贺兽医却笑了起来。

“不要紧的。大象的大脑长在那个硕大的脑袋的深处。这把枪根本伤不到它的大脑。”

“啊？”

这是什么意思？

“就算你对着它打十枪，它也死不了。”

听到这句话，我紧绷的肩膀才放松下来。

古贺兽医看我松了一口气，倒有些不好意思。

“给你防身用的，拿上吧。”

“好嘞。”

我小心翼翼地接过枪。

一同上车的还有稻草、土豆，以及大象最爱吃的甘甜的红薯和香蕉，这些东西比枪和平友好得多。

晚上七点多，货车缓缓驶离神户港车站。

列车行驶了一天多的时间，抵达了毗邻东京新桥车站的汐留货车车站。

这时已经是第二天的晚上八点半。

路上，旺莉始终都很老实，枪根本没有用武之地。

之后，旺莉要徒步从汐留站走到上野动物园。

经过我们与当地警署的事先沟通，考虑到晚上八点半街上很有许多行人，因而决定在深夜出发。

半夜一点，旺莉静悄悄地从汐留站出发了。

走在旺莉左右的分别是从暹罗一路护送而来的驯象师维多拉·诺帕库和他的助手，他的另一名助手则骑在旺莉的背上。

我和古贺兽医、饲育主任福田，以及动物园十几名饲养员和工作人员都跟在旺莉身后。我们后面是一辆缓慢行驶，满载绳索、棍棒、捕兽网的卡车。

再后面是报社记者乘坐的几辆高档汽车。道路昏暗，但为了避免惊吓到旺莉，报社的高档车也都没有开车灯。

我们从汐留站向北行进，穿过银座旁边宽阔的昭和大街，途经御徒町、上野广小路，走向动物园后门。

一头庞大的大象，不慌不忙地走在平时行人和自行车熙来攘往的大道上。十八岁的旺莉气宇轩昂，威风凛凛。

虽然已是深夜，但是沿途还是聚集了不少大人小孩，只见人头攒动，都是为了一睹大象的风采。

旺莉好像很在意身后卡车的灯光，好几次回过头来看，但它始终非常老实，脚下大步流星地走着。

大约走了两个小时，凌晨两点五十三分，我们抵达了上野动物园。

古贺兽医说，这一路上，旺莉一直小心地避开窨井盖，一次都没有踩过。

16 日，上野动物园举行了旺莉的命名典礼。

旺莉收获了一个日本名字，“花子”。

6. 骑在大象背上

花子不愧是暹罗人精挑细选出来的大象，性格格外温顺。

很快它就和动物园的老住户约翰和团希成为好朋友。

大象有敬长的特性。花子十八岁，约翰十七岁，团希十五岁。

尤其是团希，它主动亲近花子，可能在它眼中，花子就是一个温柔的大姐姐吧。

两头大象脸贴着脸，鼻子相互缠绕，场面十分温馨。

花子也是一头聪明伶俐的大象。驯象师骑在它背上的时候，它都非常听话。

“菅谷，你也学学训练花子吧。”

饲育主任福田对我说。

“诺帕库和花子一起从暹罗过来，你向他学习一下驯兽的知识吧。”

诺帕库的驯象本领十分高超。约翰和团希虽说也会杂技，但只是皮毛。而花子却仿佛与诺帕库心有灵犀，能够做出各种各样的动作。

我也想要像诺帕库那样与大象建立彼此之间的默契。

有可能的话，我还想让约翰和团希也像花子一样表演杂技。

我把自己的想法告诉了诺帕库，他决定暂时先不返回暹罗，而是留在日本指导我。

“菅谷。大象，很聪明。它们只听，自己信得过的人，说的话。”

这是诺帕库教导我的第一件事。他操着生疏的日语，磕磕巴巴地说道。

终于，到了实践的第一天。我和诺帕库一起来到花子身边。

花子把鼻子伸了过来。

当初我和还是幼象的约翰没多长时间便熟络起来，但是花子不一样，它是一头十八岁的成年大象，而且非常聪明。它不停地闻着我的气味，想弄清楚自己面前这个究竟是什么样的一个人。

如果它讨厌我，那么它在我胸前闻一闻，紧接着就会把头撇开。

真是这样的话，那可就麻烦了。

好在花子还在嗅个不停，嗅我的肩头、脑袋。在花子得出结论之前，我始终保持着站立的姿势，一动不动地让它闻。

不一会儿，花子的鼻子垂了下去。

随后似乎恢复到了往常那种悠然自得的状态。

一旁的诺帕库笑了起来，抚摸着花子的肩膀。

看来花子对我并不反感。

想要像诺帕库那样让大象表演杂技，就必须骑在大象背上。

诺帕库不费吹灰之力就能骑在花子的后背上。

但是换作我，却不可能这样轻易地骑上去。大象是会挑人的。如果是它信不过的人，它绝对不会让你骑上去。

首先必须获得花子的信任。

“菅谷。抓住这个。”

我站在花子旁边，诺帕库指点道。花子的右耳朵根上有一个小金属卡子，上面系着一条绳子。

“你大声喊，右，然后它就会向右边走了。”

我点点头，按照诺帕库的指示喊道：

“右！”

同时把手里的绳子向右拉。这么做的本意可能是通过拉动金属卡子，让花子的右耳朵感到刺痛，迫使它向右转。然而事情并没有这么简单。

由于右耳朵疼痛难忍，花子反而向左边走去。

花子的力气很大，把我也带向了左边。

“不能被它牵着走！”

耳边传来诺帕库的喊声。

我牢牢抓住花子右边的耳朵，用腿撑住地。花子虽然觉得右耳朵疼，但依旧使劲往左边走，想要挣脱我的手。

“老老实实向右走，不就不疼了嘛，何必这样呢。”

我心里念叨着，但花子并不能理解我的所思所想。

“右！”

我一边喊着，一边和花子较上了劲。

我们日复一日地重复着这种训练。吃饭时温顺可爱的花子，一到训练，就露出了它顽固的一面，就好像在说：

“我才不听你这个新手饲养员的话呢。”

就这样不知道过了多少天，一天我来到运动场，想要带花子去训练。

没承想花子一看见我，立马转过头去，一头扎进了游泳池。

“扑通！”

花子知道，只要它跑到水里，我就不会追过来。

花子在水里东张西望，时不时瞄我一眼，观察我有没有靠近它。

“你可真行啊，居然有这种小心思。”

我蹚着水走到花子身边，花子似乎也放弃了逃跑。我们又开始了训练。

它在诺帕库面前令行禁止，对我的指令却是无动于衷。

一天天过去了，让人心急如焚。

“菅谷，只要花子听从了你的指令，哪怕只是一两个字，你也要夸张地、大声地表扬它。”

诺帕库指导道。我这人其实并不擅长大声说话，也不会故作笑脸，但是事到如今也只能硬着头皮照做。

倘若我不下一番功夫，花子永远都不可能听我的话，也不会信任我。

“花子，做得真好。真棒，就是这样！”

我满脸堆笑，放开声音表扬花子。花子也渐渐发生了改变。果然，这样做确实有了效果。我自己也慢慢地开了窍。

第十八天，当我站在花子身旁发号施令的时候，它终于开始听从我的指令了。

太好了。第一阶段，结束。

不过，真正的训练才刚刚拉开序幕。接下来，我要骑到它的背上。

“来，菅谷。千万，不能掉下来。”

诺帕库对我说道。我也拼命给自己打气。

骑上大象，是一场一局定胜负的较量。一旦第一次骑上去被大象甩了下来，大象就会牢牢记住把人甩落的经历。

对于自己讨厌的人，大象会晃动身体把他从后背上甩下去，当这个人第二次再骑上去的时候，它就会拼命摇晃，直到这个人从身上掉下来。

“千万，不能掉下来。”

我暗下决心，随后在诺帕库的帮助下骑上了花子的后背。

我刚一骑上去，花子就飞快地跑了起来，整个后背都在剧烈摇晃！

摇晃是必然的，因为花子的目的就是要把我甩下去。而且花子的后背非常高，距离地面足足有两米多。加之我又是坐在它的后背上，这样一来我视线的高度就超过了三米。

太吓人了，这要是掉下去了可怎么办……

我紧张得四肢僵硬。

虽说是骑在背上，其实基本上是骑在花子的脖子上。这是大象后背上最窄的地方。不过，窄是相对于大象的后背而言的，对于“脖子”这个部位来说依然非常粗。毕竟这是大象的脖子。

我按照诺帕库的指点，两只脚抵住花子的耳根。大腿紧紧夹住花子的脖子。但这仍然不足以让我的身体保持稳定，大腿还要更加用力。

“上身放松！腿用力！”

诺帕库喊道。

“这还用说嘛，我当然明白，可就是……”

我心里说。花子很反感我骑在她背上，不停地左右摇晃身体。我不由自主地肩膀用力，想要在颠簸的大象后背上保持平衡。

“上身，放松！不要和大象使反劲！”

可是说起来容易做起来难。

花子左右摇晃身体。

但是我不能让它把我甩下去。我竭尽全力夹紧大腿，同时牢牢攥住拴在花子脖子上的绳子。

右、左、右……

我拼命扛住花子的晃动。

过了一会儿，花子安静下来，似乎是放弃了。

就在这一刻，花子认可了我骑在它的背上。

“菅谷，干得漂亮。”

诺帕库笑着说道。

他帮我从花子背上下来。我站在地面上，感觉视线真的是太低了。

我只骑了短短的几分钟，但由于太过用力，大腿还在打颤，身不由己地蹲在了地上。

不过，没过多久我又咬牙站起身来，把自己的脸贴在花子的脸颊上。

“花子，谢谢你！”

我抚摸着花子的头，大声向它道谢。

花子也用粗糙的脸颊蹭了蹭我，像是在说“你真棒”。

花子……

自不必说，第二天我的腿疼得要命。

我又恳请诺帕库帮忙训练约翰和团希。

初来乍到的时候分别只有六岁和四岁的两头大象，如今已经是十七岁和十五岁的成年大象了。成年以后，再想让人骑在它们身上，就有些困难了。

我请诺帕库鉴定一下，看看这两头大象是否还能够接受训练。鉴定结果是性情温顺、待人亲近的团希没有任何问题。

不出所料，约翰不能接受训练。

约翰自从伤人之后反抗心理就非常强烈，如今它已经成年，更加不会信任人类。

我原本指望诺帕库能够让约翰恢复曾经温顺的性格，和约翰成为玩伴。

但是我的这些期待都化为了泡影。

我开始和诺帕库一起训练团希。

团希从来没有被人骑过，较之在来日本之前就有驮人劳作经验的花子，想要训练它绝非易事。

开始时我们想先把沙袋放在团希的脖子上，让它感受一下负载的重量。然而刚放上去，它就使劲晃动身体，把沙袋都晃了下来。

“团希，不可以把沙袋弄掉。”

我一边说一边重新把沙袋放上去。

它一把沙袋弄掉，我就会语气严厉地批评它。

但是只要它能够坚持一会儿，我马上就用嘹亮的声音或是肢体语言表扬它。当它表现得非常好的时候，我还会从口袋里掏出方糖来奖励它。

就这样团希渐渐适应了沙袋。

它能够老老实实地驮着沙袋散步之后，我们就开始进行骑乘训练。先是诺帕库骑了上去，他的平衡能力很强，很快便和团希建立了信任关系。

接着轮到我了。拜花子所赐，我骑大象的技术也是今非昔比。

没过多久，我便能够自如地骑在团希背上了。

大象对骑在自己身上的人从来都是百依百顺。

这是一种前所未有的体验。

这就是人与大象之间的信赖关系。

这些一丝不苟地执行我的指令的大象，真的是太可爱了。

花子和团希不断学习着新的杂技。

比如四条腿踩在一个小木箱上。

比如右前腿向前伸，右后腿向后伸，只用左侧的两条腿站立。

就这样它们逐渐成为动物明星，每天来动物园观看它们表演的游客络绎不绝。

游客们最喜欢的一个项目就是和花子拔河。广场上，一边是力大无穷的花子，另一边是三十多名游客，双方进行一场拔河比赛。

花子的肩膀套着带子，身后拖着一条长长的绳子。

“谁想参加？”

游客们一拥上前，纷纷举手。所有参赛的游客都拿起绳子。

“齐心协力，不要输给花子，加油！”

大家一脸认真地握紧绳子。

我骑在花子背上，宣布比赛开始。

“准备好，就要开始啦。预备，开始！”

“一二！一二！”

人们紧握拔河绳，齐声喊着号子。

当我向花子发出“前进”的信号，只见花子步伐轻松地向前走去，握着绳子的三十多个人顿时被花子拖动得脚下打滑。

“大家，加油。”

“不能输给花子！”

“挺住，挺住！”

围观的人群也在给他们加油。

可是花子依然不紧不慢地向前走着，三十多个人全然没有反抗能力。

“结束啦，花子获胜！”

听到我宣布赛果，大家纷纷放开绳子，横七竖八地跌坐在地上。

“看来还是花子更厉害啊。”

大家仰视着花子感慨道。

花子似乎也露出几分得意扬扬的表情。

我摸了摸它的脸，告诉它“你辛苦啦”。

7. 黑豹外逃事件

这年冬天异常寒冷，团希的尾巴冻伤了。

“天气太冷了，真是抱歉。”

每天晚上我都会去给团希搓尾巴，在它睡觉的地方铺上稻草，让它在睡觉的时候能够暖和一些。

印度象原本生活在温暖的地方，日本的寒冬对于它们来说十分难挨。而且大象馆又太大了，不像黑猩猩馆，房间比较小，还可以用取暖灯供暖。

不过，三头大象同处一室，它们的体温让这座大象馆比屋外温暖许多。这也算不是办法的办法吧。

我恳请古贺兽医尽快医治团希的冻伤，但他说要等到开春回暖之后才可以治疗。春天快点来吧。我还从来没有如此期盼春天的到来。

新的一年，1936 年，动物园发生了一起重大事件。黑豹逃跑了。

这只黑豹是5月份由暹罗赠送给动物园的。它是一只母豹，在暹罗被捕获后随即就被送到了日本，因此对人类怀有很强烈的戒心。

它绝不向人类讨要食物。

只是日复一日蹲踞在豹馆的角落里，连运动场也不去。

到了7月，酷暑难耐。白天豹馆暴露在火辣辣的阳光下，即便是到了晚上，黑豹睡觉的地方也热得发烫。

"馆里太热了。要不今天晚上让它去运动场上透透气吧。"

"本来豹子就是一种昼伏夜出的动物，趁着晚上没有游客，去运动场上多少还能活动活动。"

饲养员们经过一番商量，在7月24日晚上，打开了黑豹馆和运动场之间的隔断。

次日，也就是7月25日，凌晨五点多值班的饲养员前来查看。然而半夜巡查时还在运动场的黑豹，此时却不见了踪影。

“看来还是不想被人看见，又躲起来了吧。”

饲养员心想，接着他又去黑豹睡觉的地方查看，可同样是空空如也。

“这是怎么回事？难不成……”

值班的饲养员心里“咯噔”一下。

“不见了？这怎么可能。难道是我刚才没看到？”

饲养员慌忙又去运动场找了一圈，结果还是没有。

那就只有一种可能了！

“出大事了！黑豹逃跑了！”

动物园里顿时像翻了天似的。

动物园当即决定闭园，紧急召回工作人员。我在家里也收到了通知，要求全体饲养员返回报到。

警方在接到通报后从上野警署调拨了上百名武装警察，谷中警署也增援了三十名警察。

警视厅特别警备队的一个中队也搭乘卡车前来集合。

军犬协会和日本犬保护协会各提供了两条牧羊犬。猎友会的步枪班，还有消防班也都赶了过来。

人员和装备浩浩荡荡地在上野动物园集结。

集合起来的搜捕队伍被分为了五个班，搜索范围不仅有动物园内，还包括上野周边的山丘。

通过对围栏的仔细检查，大家发现其中两根铁栏杆的间距略微有些大，黑豹应该早就盯上了这里。

人们又在铁栏杆上找到了黑豹的一撮毛发。

这肯定是黑豹从铁栏杆缝隙里拼命往外挤的时候留下的。它拼尽全力的状态由此可见一斑。

但这时候我们同样要拼尽全力。毕竟，逃走的可是一只食肉动物。

要是伤到人怎么办？要是把人咬死了怎么办？

一想到这些问题，就不由得脊背发凉。

大家把动物园翻了个底朝天，也没有找到黑豹的影子。搜山的队伍也一无所获。在找到黑豹之前，居住在动物园周边的人们都必须锁好门窗，不能踏出屋子半步。

它在哪里？究竟跑到哪里去了？

是已经跑远了，还是躲在了什么地方？

“一定要尽快找到！”

“一个地方也不能漏掉！”

说不定是躲到下水道里面了？一个饲养员灵光一现，接着一个个地把窨井盖撬开。

一个、两个、三个……

每撬开一个，他就探头查看一番。

终于，不知道是第几个窨井盖，就在他向昏暗的下水道深处张望的时候，他看到了一双发光的眼睛。

“找到啦！”

他大声喊道。所有人都循着声音围拢过来。

黑豹正屏息凝神地蹲在阴影里。

“没想到跑到这种地方了。”

“快把它逮住。”

但是它又不是兔子和小猫。谁也不能就这么直接钻进下水道抓它。当然，也不可能对它开枪。

第一步是要把黑豹控制在原地，阻止它跑到下水道更深的地方。

人们在黑豹身前身后都塞上了木板，阻断了它的逃跑路线。

下一步就要把它从窨井里面弄出来，但这个过程并不顺利。

用强光照它，它纹丝不动。

试着点燃重油，用黑烟熏它。尽管燃油的气味臭不可闻，它依旧是死活都不肯出来。

又想用军犬把它赶出来，结果这几条牧羊犬先害怕了，根本不敢靠近。

这也可以理解，毕竟军犬平时训练时攻击的目标都是人，让它们去追黑豹，有些勉为其难了。

这可怎么办呢？

“给它逼出来吧。”

饲育主任福田好像已经有了主意。

“逼它出来？”

大家纷纷看向福田。

虽然军犬害怕，但是换作人，还是有一战之力的。福田阐述了他的作战计划。

先在下水道的出口，也就是窨井盖的位置放好笼子。

然后找人手持木板，从黑豹前方的窨井盖钻进下水道。

这块木板要与下水道内径的形状、大小一致，然后推着这块木板一点点向黑豹靠近，挤压它的空间，逼它从预置笼子的窨井盖出去。

那么问题来了，谁来推这块木板？

那虽然是一只母豹子，但是一旦把它逼上绝路，它的力量也不可小觑。况且下水道里最多只能容纳一个人。

福田环视员工，目光停留在了动物园的锅炉工原田身上。

四十岁的原田身强力壮，曾经是业余相扑比赛的“大关”头衔获得者。

“好了，开始吧。”

原田拿着特制的木板，钻进了下水道。

一步，两步，三步。

原田推着木板逐步逼近黑豹。

黑豹一开始还试图反抗，但最后还是屈服于原田的气势和力量，从窨井盖跳了出来，正落入笼中。笼门随即关闭。

“抓住了！”

“哇喔！”

周围爆发出一阵掌声和欢呼声。

这时已经是下午五点三十五分。这一出人与黑豹较量的戏码已经上演了差不多十二个半小时。这一起黑豹外逃事件很不光彩地入选了那年的年度三大事件。

第二章

1. 战争的脚步声

1937 年，古贺兽医当上了园长。饲育主任福田担任副园长。这一年，古贺园长和我都是三十四岁，福田四十三岁。

动物园翻新了各个动物馆，也增添了新的动物，游客数量也逐年攀升。

接下来要做些什么呢？

对于动物园的未来，我们浮想联翩，提出了很多方案。然而，外面的世界却在向着与我们所设想的截然相反的方向发展。

7 月 7 日，日本发动了全面侵华战争。

这是一场日本军队对中国的侵略战争，战争在中国进行，日本本土并没有战争的气氛，我们身边也没有人去参与战争。

动物园里的我们丝毫没有身处战争之中的感觉。

不过，一些意想不到的事情还是会提醒我们，战争其实就在我们身边。

比如食品的进口量下降，食物越来越少。

“最近，肉是越来越难买到了。”

狮子饲养员叹息道。

熊这样的杂食动物还好一些，可以吃苹果和红薯，但是狮子、老虎、豹子这些动物没有肉就活不下去了。

“它们不吃鱼，但是不知道吃不吃鱼肉？”

“鱼肉啊？我喂喂看吧。”

“小狮子对肉味还没有记忆，混点鱼肉，应该能糊弄过去吧？”

讨论之后，决定在肉里掺入青花鱼肉，以弥补肉在数量上的不足。

饥肠辘辘的小狮子也顾不上分辨那是什么肉，三下五除二就吃了个精光。

大象的食物也成问题。花子、团希，再加上约翰，每天要吃掉上百公斤的稻草和红薯。每天三百公斤的食物份额越来越得不到保障。

不过直到这时候，我们依然乐观地认为眼下这种情况熬一熬就过去了，食物匮乏的状况总会好转。

到了 9 月份，开始实施灯火管制了。所谓灯火管制，就是一到晚上，就关闭所有的灯光，全城都是一片漆黑。

家家户户的电灯都关得一个不剩，路灯自然也是全部熄灭。

因为夜晚敌军的飞机会在空中寻找灯光。

一旦发现黑乎乎的地面上有灯光闪烁，敌军就会认定那里有人生活，然后以那里为目标投下炸弹。

如果熄灭所有灯光，敌机就无法从空中找到城市的位置。

不过那个时候敌机还根本无法飞到日本本土，因此实施灯火管制也只是为了以防万一。

动物园同样全园熄灯。河马馆和猛兽馆除外，这些地方都点着一盏小灯，以便掌握这些动物的情况。

大象在伸手不见五指的黑暗中会变得很狂躁，因此动物园决定每到晚上都给它们锁上锁链。

一直都不听话的约翰不论白天晚上都是拴着锁链的，我只要锁上花子和团希就可以了。

“不好意思了，这下你们不能自由活动了，稍稍忍耐一下吧。”

我对它们说道。

团希安安静静地等我给它锁上锁链，然后把鼻子伸进了我的口袋。

“你看我这么听话，还不给我点好吃的。”

它撒娇的样子着实可爱。

终于，动物园的员工们也收到了征兵令。9月，两名员工应征入伍。

战争的脚步声，正在一点点地靠近我们。

2. 防止猛兽外逃训练

1938年，动物园的员工一个个地被卷入战争之中。

他们奔赴那前途未卜的战场，不知道自己能不能活着回来。

我们饲养员重新分配了工作，来弥补动物园人手不足的问题。

8月31日到9月1日，一场罕见的超强台风袭击了日本列岛。

关东地区到东北地区一线受灾严重，两百零一人死亡，四十四人失踪。动物园自然也未能幸免，四十五棵树被大风刮倒，其中包括让动物园引以为傲的樱花树。员工们全员出动进行清理善后工作，忙得团团转。

“先得把这些倒下的树挪走。”

“人手不够啊。要挪走的话动物园还得闭园好几天呢。”

本来人手就捉襟见肘，而大家面对台风过后的状况又不知道该从何下手。

尤其是那些又粗又大的树，推不动也拖不走。大家只能干着急。

“让花子和团希来帮忙吧。”

我提议道。

“让大象帮忙？”

“没错。花子早在暹罗的时候就运过货。把倒下的树拖走，正好是它的强项。”

我说着把花子拔河比赛时用的又宽又结实的带子套在了花子身上，然后把锁链的一头拴在带子上。

我翻身骑上花子的后背。

“花子，看你的了。”

话音刚落，花子便向倒在地上的树走去。

“帮我把锁链拴在树上。”

“好嘞。”

几名饲养员把锁链的另一头捆在倒在地上的樱

花树上。

“栓好啦！拉吧！”

伴随着饲养员的喊声，我在花子背上发出信号。

“花子，前进。”

随后花子便像往常一样，开始悠然地向前踱步。

“刺啦、刺啦啦啦。”

高大的树木轻轻松松地就被花子拖走了。

“喔，动了！”

“花子太厉害啦！”

“这么重都能拉得动。”

众人都啧啧称奇。

“花子，干得好！”

我骑在花子背上，心中默默地夸赞它。花子继续向前走着。它轻轻地摆动耳朵，像是在说：“这算什么，小意思。”

“喂，来这边帮帮忙！”

花子和团希都大显身手。本以为要闭园好几天

才能干完的活，托花子和团希的福，动物园只闭园两天便重新开门迎客了。

9月，东京发布了训练空袭警报，开始进行防空袭训练。

此前曾经举行过追捕逃跑动物的训练，但是专门针对“遭到敌机袭击”等以战争为背景而实施训练，这还是第一次。

动物园的警报器会将空袭警报告知每一名员工。饲养员听到警报后，便把动物们带入馆内。

其实这个过程是很困难的。那些在开阔的运动场上玩得不亦乐乎的动物根本不想回到狭小的场馆当中去。

它们无法理解什么是战争和空袭，当然也无法理解什么是防空袭训练。

食草动物还算好办。只要饲养员走进运动场驱赶它们，它们便会逃回场馆里面。但是这招对于食肉动物就不管用了。

对付老虎、狮子之类的食肉动物，饲养员采取的方法是把食物放在场馆里面，以此引诱它们，等它们走进场馆再关上大门。

然而这个方法也不像想象的那样容易。

有时候食物放好了，但是这些食肉动物或是肚子不饿，或是起了疑心，都摆出一副无动于衷的模样。

“喂，还不过来！”

负责的饲养员急得像热锅上的蚂蚁。

“嘘，小声点儿。”

这样的情景在老虎馆、狮子馆都随处可见。想要让这些食肉动物尽快回到馆内，谈何容易。

每当这个时候，我都格外轻松，因为花子和团希既聪明又懂事。

“进屋吧。”

只要我这么一说，再轻轻拽一拽它们的耳朵，它们马上就能明白接下来要去哪里。

大象馆在防空袭训练中的表现最为优秀。

有时候，军队演习统监部的人还会来到动物园，举行假想敌方投掷炸弹和燃烧弹的训练。

燃烧弹虽然不能像炸弹那样摧毁建筑，但是可以释放高温，引发火灾。

有一天训练假想的是动物园遭到了燃烧弹轰炸，猛兽馆、日本黑熊馆、鳄鱼馆门前、长颈鹿馆以及动物园办公室门前等五个地方起火，而且在训练中还真的点起了烟。滚滚浓烟笼罩了整个动物园，场面极为震撼。

员工们有的点烟，有的引导一起参加训练的游客前往防空洞，有的把动物转移到场馆里面。

我们整日忙得不可开交。不过，动物园依旧是老样子，每天迎接大批前来参观的游客。在此期间，针对动物外逃的追捕训练也从未间断。自从发生了黑豹外逃事件，追捕训练就成了每年的例行训练。

随着训练的深入，有些人认为单纯的训练已经不足以提高水平，应该故意把动物放跑，然后实战演练一下。

“既然是防止猛兽外逃训练，猛兽不逃，我们怎么训练。”

有人这样说道。但当真把猛兽放跑了，万一没抓回来，造成的后果可就不是一场训练这么简单了。

“大家怎么看？”

“如果是幼崽的话，应该不会有什么危险吧。”

“这倒也是。”

被选中的是一只刚出生一个月的豹子。

小豹子一脸茫然地被饲养员抱在怀中。与其说是猛兽，倒不如说是一只大猫咪。

“这还真是一头猛兽……”

小豹子很应景地打了一个大哈欠。

看着它天真无邪的样子，众人不由得都露出了无可奈何的表情。

“再找一只能够好好训练的动物。”

除了小豹子，又准备了一头小鹿来扮演猛兽。

可就是这头小鹿，把我们折腾得够呛。

训练中它在动物园内肆意奔跑，整个动物园拿它一点办法都没有。

警卫人员拿着捕兽网、拎着猎枪满园子追它，可就是抓不住。它毫无顾忌地东奔西逃。

更何况它逃跑的速度还特别快。

最后全员出动把它包围起来，这才把它捉住。

“是谁说小鹿好抓来着？”

众人上气不接下气，大汗淋漓地瘫坐在地上。

大家转念一想，心情不禁又郁闷起来：

换作老虎或者狮子，那么这种合围的抓捕方式肯定是行不通的。

看来这次训练还有很多有待改进的地方。

每次训练，我们都会跑遍整个动物园，但是没有一个人认为动物园地处的日本、地处的东京这座城市会真的变成战场。

然而战争的阴霾渐渐逼近了日本本土。

这段时间，不断有在中国战场负伤的军人被送回日本。

10 月份，被称为“伤残军人”的伤兵们受邀免费参观由东京市运营的上野动物园。此行的目的是让可爱的动物抚慰他们的心灵。

园内到处都是头戴军帽、身穿白色病号服的伤残军人。

即便是在动物园里，也躲不开那令人厌恶的战争。

3. 食物告罄！

日本全面侵华战争爆发已经过去两年。战火也遍及全球，美国也成了日本的敌人。

漫长的战争一步步倾轧着我们的生活。

由于美国实施石油禁运，日本汽油短缺，从1939年年底开始，给动物运送食物的卡车就停运了。动物园只能自己制作了一辆带篷子的马车，用军队提供的马来拉车。

1940年，白糖、火柴等日用品开始实行凭票购买的制度，不能想买多少就买多少了。

酱油、黄酱、乳制品等也开始实施配给制。

到了1941年的春天，东京就连大米也开始实施配给制了。六岁到十岁的孩子，每人每天二百克大米，不到一合[①]半。十一岁以上的孩子，每人每

---

① 合，日本容积单位，一合等于一升的十分之一。——译注

天三百三十克大米，约两合多一点。

一合大米，只够做两碗饭。

如果各种配菜应有尽有，那么姑且过得去，但是配菜只有配发的一丁点儿蔬菜。无论是肉还是菜，都变成了稀缺品。我们所有人从早到晚都在忍饥挨饿。

人类尚且如此，动物的食物就更加匮乏了。

“啊？只有这么一点吗？”

“对不起，我家也进不到货了。”

谷物商人欠身致歉。那辆熟悉的卡车上，谷物少得可怜。

“这点东西不够吃啊。”

“想办法去找些吃的吧。”

鹿、熊、河马、山羊、美洲野牛，为了这些食草动物，我们从卖豆腐的那里弄来了豆渣和豆粕，又挨家挨户讨要泡茶后残余的茶渣。把茶叶和其他谷物充分搅拌在一起，然后喂给它们吃。我们自己心里也不是滋味，但也别无他法。

“听说某某公园正在修剪树木。”

一听到这样的消息，大家就马上跑去收集修剪下来的树叶。

天气好的时候，就把这些树叶晾在动物园的广场上晒干，然后储存在仓库里作为动物的食物。尤其是大象的饭量特别大，因此树叶多多益善。

有时我们还会把山羊带到台场、芝离宫、日比谷公园，让它们在那里吃草。这样一来这些地方也不必再清理杂草，我们也不用为食物发愁，可谓一举两得。

战争期间，我们为了给动物们寻找食物挖空了心思。

动物食物短缺始终是动物园的一大难题。

肉铺老板得知我们的困境，告诉我们他那里还有鸡头，说是反正也是要扔掉的，想要多少有多少。

而且鸡头的营养价值比普通的肉还要高。此前动物园里奄奄一息的猫头鹰和雕鸮吃了这些鸡头以后，很快便恢复了健康，一个个活蹦乱跳。

有了这次的经验，我们便把鸡头作为了小型肉食动物和猛禽的主食。

动物园也分到过一些战马的粮草。尽管都是开始发霉、战马已经不能食用的草料，但毕竟聊胜于无。

不过，市面上渐渐地出现了一些风言风语。

“那些奋战在战争第一线的将士喝着泥水、嚼着干草。动物也应该为了这场‘圣战’贡献力量。一顿不吃死不了，说不定饿一饿还会更健康。”

的确，在发动战争之前，动物园会在个别时候给老虎、狮子禁食一天。但那是为了调理它们的肠胃，或者是为了避免它们过于肥胖。

其实对于这些野生动物而言，它们在野外生存的时候，经常会在长达一周的时间里都抓不到任何猎物，吃不到任何东西。

不过，生活在热带稀树草原的狮子一周不吃东西的前提，是它们要能饱餐一顿。相比之下，如今动物园提供给它们的食物量实在是不值一提。

当前国家形势如此严峻，可是政府和军队的头头脑们居然还能在高档餐厅里大吃大喝。他们自诩为国家战斗，吃香的喝辣的都是理所应当。

然而我们去高档餐厅回收泔水来养活动物，都会被指责为是行为不当。

甚至有些饲养员会在捡拾泔水的时候从中挑出那些还能吃的东西，偷偷摸摸地自己吃掉。因为那些残羹剩饭里还有不少没吃完就被丢掉的大鱼大肉。

这场战争究竟什么时候才能结束？

也是在那段时间日本开始禁止使用英语外来词汇，因为美国是日本的敌人。

“隧道”“棒球”等原本是音译的词汇被意译的汉字取代，就连“哆来咪发唆拉西哆”的音阶，也要用日本的假名来演唱。

“狮子”“黑猩猩”“袋鼠”“鹈鹕”等名称同样不能幸免。

1941 年夏，古贺园长也收到了征兵令。

动物园为古贺园长举办了壮行会，花子等几头大象也出席了这个仪式。代理园长由福田担任。

没过多久，军队的司令部就勒令福田上报应对紧急时期的方案。倘若动物园的栅栏和建筑在空袭中遭到毁坏，动物跑进城区，后果将非常严重。为了避免发生这种情况，必须事先想好万无一失的对策。

可是又能采取怎样的对策呢？

福田冥思苦想，最后根据动物的危险程度，将动物分成了一至四类，制定了如下对策。

《动物园紧急处置纲要》

一、接到防空袭命令后，立即准备处置第一类、第二类危险动物

这条规定的意思是一旦东京发布敌人空袭警报，就要准备好用来杀死猛兽的枪支弹药。

二、遭敌空袭时，完成第一类、第二类危险动物处置准备后，保持待命

这条规定的意思是当敌军飞机已经开始轰炸东京时，要保持待命状态，以便能够随时杀死猛兽。

三、当空袭引发的爆炸、火灾等危险抵近动物园时，应根据危险程度、抵近程度依次处置第一

类、第二类危险动物

这条规定的意思是当敌机在动物园附近投下炸弹时，就要开始杀死猛兽。

其中，第一类危险动物包括下面这些动物，括号里是这些动物的数量。

狮子（4）、老虎（1）、豹子（2）、黑豹（2）、中国东北狼（5）、猎豹（1）、鬣狗（1）、郊狼（1）、中国东北黑熊（2）、北极熊（2）、马来熊（1）、棕熊（1）、日本黑熊（3）、乌苏里棕熊（1）、朝鲜黑熊（1）、河马（3）、美洲野牛（2）、黑冠猕猴（1）、豚尾猴（1）、阿拉伯狒狒（6）、响尾蛇（1）、蝮蛇（2）、蟒蛇（2）。

以及，大象（3）。

温顺的花子、团希，还有约翰，为什么会出现在危险动物清单里？

不过那段时间我们从未想象过美军会轰炸东京，因而在每个人看来这个对策方案都毫无必要。

然而，世界各地都在渐渐沦为战场。

此时德军早已侵占波兰，英法向德国宣战，第二次世界大战爆发。

之后，德军攻占巴黎，被誉为花都的美丽的巴黎，大街小巷到处都是德军。

欧洲无数的城市都遭到了轰炸。

坦克碾碎了美丽的街道。

德国首都柏林也遭到了空袭，柏林动物园也被轰炸了。

一天，《朝日新闻》的记者来采访代理园长福田。

“英国空军轰炸了柏林动物园，请问您知道这件事吗？”

“唔，当然知道。有三枚炸弹命中了动物园，除了饲养员，大象、骆驼也被炸死了。”

“是的。很多建筑都被炸毁了。据说柏林动物园为了防止猛兽逃脱，已经将它们击毙了。请问上野动物园也会采取相同的措施吗？”

福田停顿片刻，然后平静地回答道：

“当然，我们也做好了准备。坚持实施防空袭训练，也拟制了非常时期要杀死的动物清单，在需要击毙它们的时候，我们会委托军方来执行。”

《朝日新闻》的记者听到福田这样说，心满意足地走了。

但其实福田心里想的是“动物不会被杀的，绝不会有那一天”。

没错，饲养员存在的意义是让动物们健康地生活。

我们要战胜的对手根本不是什么美国。

而是动物的伤病。

这年冬天，我们一直在和团希的伤病作斗争。

团希的左腿肿了。

原因不明。团希本来就很粗的腿，这下子肿得更大了。

想要给它打针，但是它的皮肤太厚了，针头都戳弯了。

唯一能做的就是用冰块给它冷敷。

可现在是冬天，给腿冷敷，也会让身体变冷。倘若团希冻感冒了，就更麻烦了。

于是我们给它后背盖上毛毯来保暖，但是团希并不理解这样做的意义，用鼻子把毛毯扯了下来。

“团希，不盖好毛毯，会感冒的。”

我们饲养员轮班值守，通宵达旦地照看它。

我们让花子住进团希的房间，然后在花子的象室铺满稻草，我们自己睡在上面。虽然天气很冷，但是窝在稻草堆里还是很暖和的。

“团希，团希，你要快点好起来呀。”

我凝望着团希，心中默念。

我每天都累得精疲力竭，常常会不知不觉地睡过去。

随后在半夜被冻醒。

醒来起身一看，身边的稻草全都不知去向。

原来是肚子饿了的花子从铁栅栏中间伸过鼻子，吃光了盖在我们身上的稻草。

“阿嚏！”

“花子，你瞧瞧你干的好事。多冷的天啊。”

但是，花子的眼神似乎在告诉我，它是因为生气才吃掉了稻草：“快点起来照顾团希！”

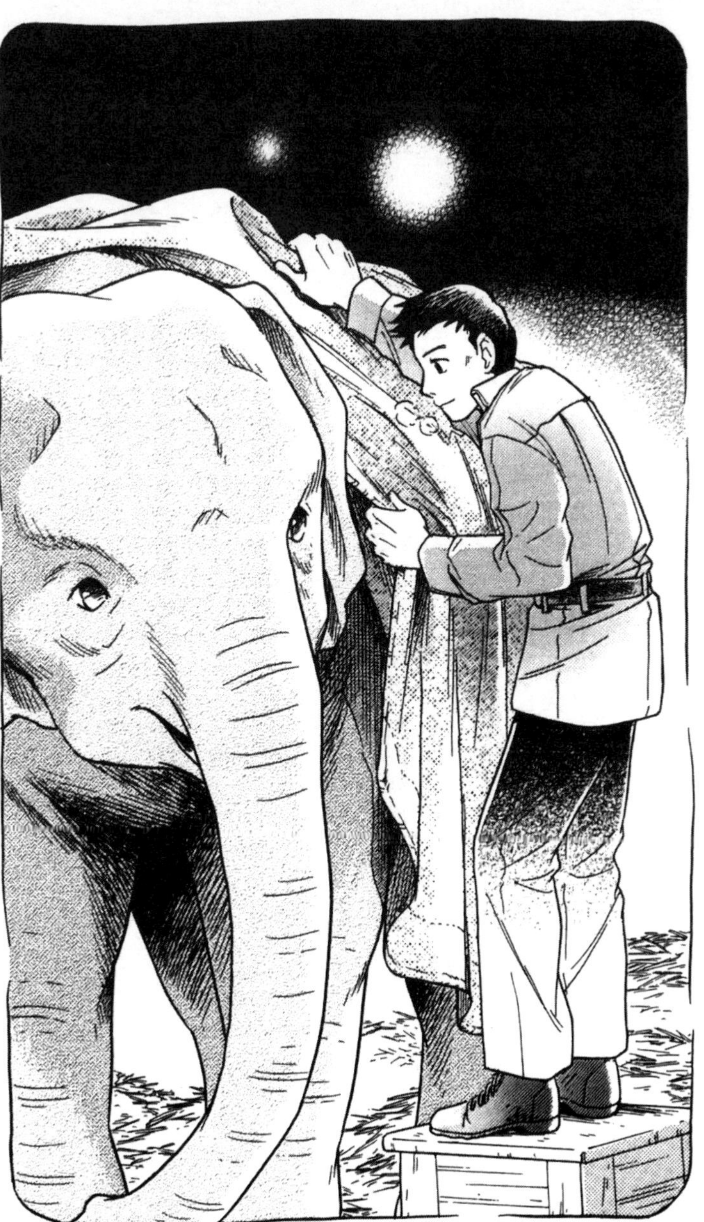

“明白啦，花子。”

托花子的福，我总是睡得很轻，但也因此能够细致入微地照顾团希。

可是即便我们如此用心照料，团希仍然日渐虚弱，食欲也越来越差，除了去皮、蘸满盐水的土豆，别的什么也不吃。

团希越来越瘦，连动都动不了了，更不要说走路了。

“再想想办法，大家一起帮忙！”

最开始的时候，其他动物饲养员还会这样说，但是慢慢地就变成了“已经没救了吧……”。

团希已经没救了吗？

就连我也在想，或许真的没救了吧。

不过，年轻饲养员涩谷没有放弃。

“前辈，要是我们都泄气了，那可就真没救了。”

涩谷无时无刻不守在团希身边。

一天，同事来送东西，带来了家里摘的柿子。

“吃个柿子吧，打起精神来。”

在白糖稀缺的日子里，我们都已经很多天没吃过甜的东西了。

饥肠辘辘的饲养员们一拥而上。

拿到柿子的涩谷正要往嘴里送，忽然停下手看向我。

“菅谷前辈，可不可以给团希吃吃看？”

“给团希吃？”

“没错，柿子又有营养，据说还清火祛热。”

我们来到团希的象室。

“团希，你看。是柿子，吃不吃？”

这时候的团希已经虚弱得几乎吃不下东西了。

但是当涩谷把柿子拿到团希眼前，它微微地张开了嘴。

涩谷把柿子放进它的嘴里。

“咯吱、咯吱……”

“吃了！”

“吃了吃了，团希吃东西了！”

团希不停地嚼着柿子。

眼前的这一幕犹如奇迹一般。

原来如此，它要吃水果。

次日，我们四处寻觅卖水果的地方，最后买到了梨和苹果。

我们把能买的水果都买了回来，然后榨成果汁。一个梨或者苹果榨出来的果汁非常有限。不过，只要肯花时间，堆积如山的梨和苹果能榨出满满一桶。我们把果汁拎到团希面前。

“团希，你看，是果汁。”

在涩谷和我的注视下，团希缓缓将鼻子伸入桶中，像吸管一样吸起果汁，再送入口中。

“喝了……”

我们连续榨了三天果汁。第四天，团希就能够吃土豆和红薯了。

“菅谷前辈你看。”

“涩谷，成功了。”

团希会好起来的。

它渐渐恢复了食欲，三个月后完全恢复了健康。涩谷扑在团希脸上，不停地掉眼泪。

这次经历又一次让我们认识到帮助动物是饲养员最大的骄傲。

就在团希和腿疾战斗的12月8日，日本海军航空兵袭击了夏威夷珍珠港。太平洋战争爆发。日本挑起了与美国的正面战争。日本真正陷入了战争的泥潭。

也是在这一年，动物园游客总数创造了历史纪录，3248068人。

4. 开园六十周年庆典

为了防备美军空袭，我们反复进行着各种训练。

有时训练的成果却应用在我们意想不到的地方。

1942 年 2 月上旬，毗邻动物园后门的根津宫永町发生火灾。当时的房子几乎都是木质结构，因此眨眼之间便成了一片火海。当地的消防队出动了，但依旧不能阻止火势蔓延。

“着火了！”

“走，去救火！”

我们这些动物园工作人员发现起火以后，马上拎着动物园消防活动所使用的手提式水泵赶了过去。

长期的训练发挥了重要作用，我们大显身手，不仅很快扑灭了火，而且疏散了群众，救助了伤者。

“太好了，得救了。”

“幸好住在动物园旁边。”

根津宫永町的居民向我们表示感谢。

“哎呀，举手之劳嘛。”

六年前黑豹外逃，曾给附近的居民造成了很大麻烦。我们能够对他们有所帮助，让他们感到身边有一所动物园是一件好事，对于我们来说就是最大的快乐。

以这件事为契机，动物园开始与周边居民共同开展防空袭训练。

3 月 5 日晨。突如其来的警报声响彻动物园。

“空袭警报！”

“什么？”

“真的假的，这可是东京。”

大家面面相觑，每个人都是一副难以置信的表情。

去年代理园长福田拟定的《猛兽处理清单》在

脑海中一闪而过。

真的假的？我心神恍惚，可是空袭警报还在响个不停。这不是在做梦。是真的。现在必须着手准备了。

不可能、不可能。

那张清单竟然真的要派上用场了……

我心慌意乱，跑向大象馆。

“花子！”

“团希！”

我和涩谷一起把花子和团希领进大象馆内，在它们腿上锁上锁链。

“菅谷前辈。”涩谷战战兢兢地看着我，那眼神似乎在问“不会真的要杀死它们吧”。

“不会的。”

我没有开口，同样用眼神回答了他。

空袭警报很快解除了。

太好了，大家都松了一口气。

我们再也不想听到那个尖厉的声音了。

在这次空袭警报两周后的3月20日，上野动物园举行了开园六十周年庆典。

4月，东京联合花祭会举办了花祭庆典活动。

当时物资匮乏，生活日渐艰难，甚至到了我们不得不把报纸裁成小块当作厕纸来用的地步。

不过，盛大的花祭庆典活动多多少少给我们的心情带来稍许快慰。

花子获赠了一套绚丽的服饰。这是由无数条女式和服盛装的腰带缝合而成的一条极其华美的饰带。

“太漂亮了。”

代理园长福田目瞪口呆地看着花子。

“奢侈是大敌。”

那时候大家忍饥挨饿，相互勉励。普通市民几乎都穿着叫作“国民服”的衣服，裤子的膝盖处磨破了，或是大脚趾把袜子顶破了洞，都是用针线缝缝补补，然后继续穿。

在这种时候，市民们却赠送给花子这样一条华丽的饰带。

作为市民动物园的象征，花子深受喜爱，是动物园的骄傲。

它身着盛装，悠闲地在动物园内散步。

它在大家面前双膝跪地，致以最崇高的敬礼。

在这样艰难的岁月中，聪慧的花子让无数人的内心得到了慰藉。

4 月 18 日，星期六。

美国海军“大黄蜂号”航空母舰游弋至千叶县犬吠埼以东一千一百公里外的海域。清晨，杜立特陆军航空兵中校率领的十三架 B-25 型轰炸机从航母甲板起飞，飞向东京。

八点三十分。动物园接到了警戒警报。

警戒警报并没有引起我们的重视。大家心里都觉得这肯定又是误报，用不了多久就会解除。

天亮了。

我正在园里散步，心想要不要去吃早饭，这时远方传来了飞机的轰鸣声。

那是我从来没有听到过的一种沉闷的巨响。

什么声音？

我惊恐地抬头向天空看去。出现在我眼前的是完全陌生的飞机，而且飞行高度极低。

那是什么飞机？不像是日本军队的飞机……啊？

我的心一阵狂跳。

未等我细想，眼见着飞机越飞越近，轰鸣声震耳欲聋，直奔长颈鹿馆的屋顶飞去。

飞机大得吓人。是美军的飞机！

就连机腹铝合金板的接缝都看得清清楚楚。

“啊呀！”

我不由自主地双手抱头扑倒在地。

B-25 型轰炸机飞过了我的头顶。

“噼里啪啦……！”

我的耳膜像是要裂开了似的。不知炸弹会何时掉落下来的恐惧笼罩着我。

我咬紧牙关，绷紧身体。

不会吧，不会吧？

声音渐渐远去。

我哆里哆嗦地抬起头，只见 B-25 型轰炸机已

经飞远了。

捡了一条命啊。

就在这一瞬间，警报响了。

是空袭警报。

我一跃而起，向大象馆跑去。刚才的轰炸机很可能会掉头飞回来。

早上接到警戒警报的时候我又确认了一次花子它们腿上的锁链，之后将那些跑出大象馆、在园内四散奔逃的游客引导至安全的避难场所。

那天动物园立即闭园。在轰炸机出现之前，所有在避难所躲避的游客全部离开了动物园。

空空荡荡的动物园里只有随风飘荡的包饭团用的竹皮和碎纸。就在刚才，大家还都在自由自在地吃着便当，高高兴兴地观赏着动物。

一年四季人山人海的动物园，此时竟空无一人。

这幅情景令人无法形容。

这次空袭几乎未对东京造成破坏。

但是，超低空掠过动物园上空的美军轰炸机着实让我们大为震惊。

“空袭还真的来了。”

“每时每刻都有被轰炸的可能。”

动物园不会被空袭。东京不会被袭击。

这些我们曾经的想法已经荡然无存，现在必须认真面对空袭的问题了。

按照代理园长福田的吩咐，以男性工作人员为主组建了几个班。

分别是警卫班、防护班、消防班、工程班、救护班。如果发生动物外逃的情况，还要组建一个抓捕班。

各班切实分工，以便在出现突发情况时能够迅速采取措施。

不过，尽管空袭警报频发，人和动物的食物日渐匮乏，战争氛围日益浓厚，每天依然有数千人前来动物园参观。

大家会向表演杂技的花子和团希报以笑声和掌声。

和花子的拔河比赛也给游客们带来了欢笑。

大象会让人们忘却战争的痛苦，哪怕只是短暂的一瞬间。

5. 充满回忆的铭牌

用于制造武器弹药的钢铁出现了短缺。日本缺乏用于冶铁的铁矿石。在战争期间，即便是想要从其他国家进口，也没有一个国家会卖给日本。

日本只能搜罗全国的铁制品，然后回炉重铸。

这便是“铁材缴纳”政策。

一天我回到家中，发现厨房的锅没了，火炉火钳也都不见了踪影。

我问妻子是怎么回事，妻子说因为要缴纳铁材，全都被收走了。家里所有的铁制品都必须上交，我仔细一看，就连儿子学生服上的金属纽扣都不见了。

涩谷站前的“忠犬八公”塑像也被回收了。

在这种状况下，动物园也收到了配合回收金属的通知。

“说是要上缴铁制品，可是动物们的铁栅栏又不能拆。”

“栅栏的目的是拦住人，用木头重新做吧。”

“游客那么多，用木头做，要是人一多给挤坏了，那麻烦可就大了。”

“但是不配合不行呀。”

大家在动物园里讨论来讨论去，最后军方人员亲自过来明确了应回收的铁制品。

除了灌木丛的铁栅栏、阻隔人与动物的铁栅栏，被回收的还有部分椅子腿是铁制的八十五把椅子，以及给动物喂食的容器。

“连喂食的容器都不放过……”

我无言以对，目睹着军方的所作所为。

甚至每座动物馆悬挂的铭牌也都被收走了。

多年来陪伴着大象、充满回忆的铭牌不得不充公。令人心碎，却又无可奈何。

6. 救救团希！

时间来到了 1943 年。

动物园在 1 月 2 日开园，2 日、3 日均有超过三万七千人入园参观。与这种热闹非凡的盛况形成鲜明对照的则是日本在战争中节节败退。

与日本联手对抗盟军的德军被苏军击溃。

同为轴心国成员的意大利军队被盟军击败投降。

号称“无敌”的日本联合舰队司令山本五十六被击毙。

战况对日本愈发不利。

粮食危机日趋严峻，有时配发的食物中连大米都没有。每人只能拿到两个红薯和细细的两根牛蒡，而这是三天的口粮。

用电也渐渐收紧。在电力吃紧的状态下，木炭用量也受到了限制，甚至连煤炭都没有了。

后来，作为替代品的柴火也开始实施配给制。热带动物的房间无法达到足够的温度，饲养员们都很发愁。

但是，即便到了如此地步，日本军队依然幻想着胜利，不肯放弃战争。

7 月 1 日，东京的行政区划突然由“市”变成了“都”。

东京都。这样做的目的是便于国家直接下达命令。“都”比“市”更有利于国家管理。

而在这个时候，国家的命令只有一个。

“帮助国家赢得战争”。

原东京市的上野动物园自然被划归到了东京都，为了打赢战争，必须“全方位”予以配合。

改称东京都之后的变化迅速显现出来。此前一直在实施的防空袭训练不仅增加了次数，而且内容也更为具体。

“敌机在动物园附近投下炸弹。”

训练想定更加贴近实际情况。

办公室里，代理园长福田把要毒杀动物的药物交给防护班，并下达处置猛兽的命令。防护班将这些毒药掺入事先准备好的食物，快速跑向各个猛兽馆。

内容真是太具体了，具体得让人心痛。

我们一次次地重复着目的是杀死动物的训练。

“这档子事，只是训练就够让人心里受不了了，来真格的时候可怎么办。”

我们运送着掺入毒药的食物，心里却在抱怨。

不久，动物园开始挖防空壕，用来让游客躲避美军的轰炸机。

在东部军的一位陆军中校参谋的指挥下，来自中央大学的一百九十三名大学生花费四天时间，挖了二十五个防空洞。

“也许，狮子、豹子之类的动物真的要被杀掉了。”

我为此整宿整宿地睡不着觉。

一天，代理园长福田找到我。

“菅谷，过段时间把大象交给其他动物园代管吧。”

“为什么？”

“战争必定会结束的。在战争结束前，要把它们安顿在安全的地方。”

我摇摇头。

花子和团希离不开我，即使是涩谷都照顾不周，更何况其他人。我不在，这些孩子肯定会孤独伤心。

“外地的动物园更安全，也更容易弄到食物。如果还在咱们这里，往后食物只能是越来越得不到保障。”

福田说得没错。大象的饭量太大了。哪怕只少一头，省下来的食物就足够喂养很多其他的动物。

“我去问问仙台动物园的园长。你也再好好考虑一下。”

我心中五味杂陈。

我不想和花子它们分开。但是这里又没有足够的食物。倘若美军轰炸机真的开始发动攻击，还不知道会遇到什么样的情况。

8 月 11 日，仙台动物园回信了。信上写着“愿意接收团希”。

团希疏散计划就此启动。

第三章

1. 毒土豆

仙台动物园来信表示要接收团希，这让团希获得了生的希望。然而就在同一天，约翰迎来了截然不同的命运。

东京都下令，“杀死约翰”。

约翰的反抗意识越来越强烈，已经变成了一头狂暴的大象。它早已不能去运动场活动，终日被短短的一截锁链锁在大象馆里，以防建筑被炸毁时，它逃出去。

这头身高超过三米、体重将近四吨、长着两根长牙的大象一旦发狂，后果将不堪设想。

“为了战争，全方位配合。”

国家的命令，东京都的命令，是绝对不能违背的。

我强忍着悲痛的心情，接受了这个结果。

最初计划用枪将约翰击毙。但是约翰体形过于庞大，枪未必能够杀死它。

而且响亮的枪声会惊扰附近的居民。

但是，最重要的原因是子弹如此珍贵，应该用于射杀“大日本帝国”的敌人，而不是浪费在动物身上。因此最后决定毒死约翰。

使用的毒药是氰化钾和硝酸士的宁。这两种化合物的味道都很苦。硝酸士的宁会导致肌肉麻痹，最后控制呼吸的肌肉无法收缩舒张，令其窒息而死。

毒杀约翰的计划拟制完毕。

一、将毒药掺入食物。事先让其保持饥饿状态，以便顺利喂食。

二、如果不成功，则用钢缆或粗绳将其勒死。

三、如果依然不成功，则用长矛将其刺死。

这里的“长矛”并不是真正的长矛，而是一根长棍，在棍子的一头绑上用来解剖死亡动物的手术刀。这是黑豹外逃事件之后动物园制作的工具，以备不时之需。

两天后的 8 月 13 日，毒杀约翰的行动开始了。据说是由陆军兽医学校的人来执行。因为大象十分珍贵，所以尸体要作为兽医学的资料素材。

当天，陆军兽医学校的几个执行人来到了动物园。

我们一起走进约翰的象馆。显然约翰对这些陌生的来访者非常警惕，眼神都和平时不一样了。

不过，当它在那些人身后看到了我们这些手捧着盛放土豆的大号簸箩的饲养员，表情似乎稍稍平静下来。

“开始吧。”

其中一个人冷漠地说道。

另一个人走到约翰旁边，递上土豆，约翰抬起鼻子，张开了嘴。

“约翰，不要吃这帮人给的东西。”

我心中默念。

最先放入约翰口中的是一个没有注射氰化钾

的土豆。

“咯吱、咯吱、咯吱……”

饥肠辘辘的约翰毫不迟疑地把土豆吃了下去。

又放入一个。吃了。然后又放入一个。

约翰一如往常一样吃着土豆。

随后那名执行人把注射了氰化钾的土豆拿在手里。

我别过脸去。

“约翰，对不起！”

我在心里呐喊。

然而就在此时，我听见“咕咚”的一声。我抬眼看去，只见那颗原本已经入口的土豆滚落在约翰面前的地上。约翰把土豆吐了出来。

“约翰，你发现了这是毒土豆？”

我惊讶地瞪大眼睛。

执行人捡起土豆，放回到约翰口中。但是结果还是一样。约翰直接把这颗毒土豆吐了出来，连嚼都不嚼一下。

“约翰，做得对。不要吃这种东西。”

我注视着约翰，松了一口气。但是陆军兽医学校的执行人又冷冰冰地开口道：

“让它吃下去！”

另一个人把土豆塞进约翰嘴里，然后按住约翰的嘴，想要强行把它合拢。

突然，约翰猛地晃动了一下脖子，那人一个踉跄，从约翰身边躲开。约翰又把土豆原封不动地吐了出来，然后用鼻子灵巧地抓起土豆，向我这边扔了过来。

“为什么要给我吃这种东西？”

约翰直勾勾地盯着我，那目光让我羞愧难当。

我双拳紧攥，却一动也动不了。

“没办法，给它注射毒药吧。”

兽医学校的负责人说道。

这次用的是硝酸士的宁。

一根粗大的针管，以及巨量的硝酸士的宁。这不知道能杀死多少个人。但是，对于体重相当于八十个成年人的约翰，只有这个分量才足以杀死它。

大象的皮肤粗糙厚实。负责执行的人绕到约翰耳

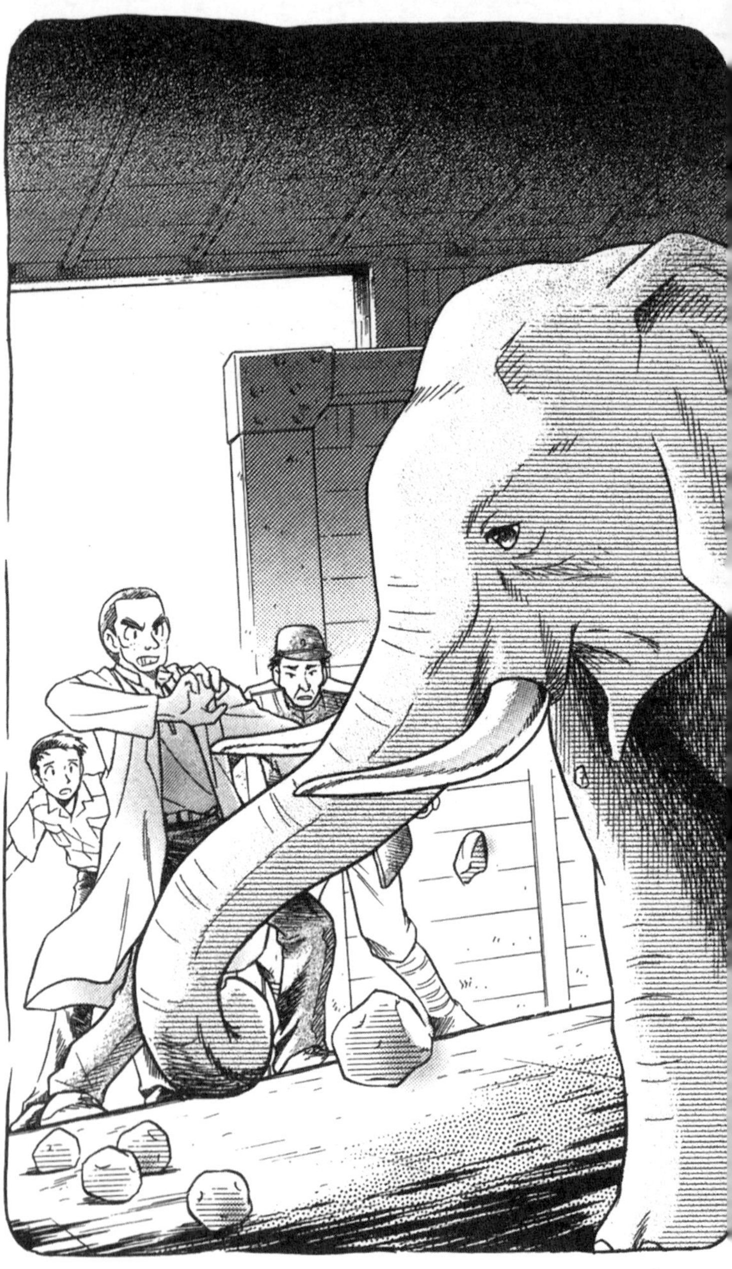

朵后面，那里是全身上下皮肤最薄、最柔软的地方。

“抓住它的耳朵。”

我听从他的指挥，抓住了约翰的耳朵，手不住地颤抖。

执行人举起针管。我闭上了眼睛。

不要！

然而皮肤还是太厚，针头弯了。

“针管也不行。”

执行人摇摇头。

“我们也没办法了。接下来就交给动物园来处置吧。”

陆军兽医学校丢下这么一句话便回去了。

什么叫“处置”？难道陆军兽医学校都做不到的事，要让我们来做？

实在是太不负责任了……

既然有毒的食物不吃，毒针也打不进去，那么仅剩的手段就是把它饿死。

从那天起，约翰再也吃不到一口食物，也喝不到一口水。

2. 大象不是猛兽

三天后的8月6日，星期一，代理园长福田被叫去了位于丸内的东京都政府。

傍晚，福田回来了，像往常一样在动物园巡视一周。亲自查看每只动物的健康情况，是福田每天雷打不动的一件事。

福田也来到了大象馆。不知为何，当时福田看上去很疲惫。

大象馆里，花子和团希正在吃草。再往里是正在和饥饿作斗争的约翰。

我们作为旁观者，实在是于心不忍。我对福田说道：

“福田，饿死这种方式太痛苦了。”

福田看着我，点了点头。

“我受不了这样。之后这种折磨人的日子还要持续多久啊。”

我难过地低下头。

“是这样，”福田抬眼看了看约翰所在的地方，“菅谷，上面下达了动物处置命令。”

福田的声音静静地回荡在大象馆里。

我抬起了头。

当天下午福田被叫去东京都政府，就是因为这件事。

我还在担心狮子和熊，福田接下来的一句话却犹如晴天霹雳。

“花子和团希也必须杀掉。”

福田刚才说什么？我不敢相信自己的耳朵。

花子？团希？

“这是什么意思？可是它们……”

我不由得提高了音量。花子察觉到了这边的异样，吃草的动作停了下来。

我连忙压低声音。

不管花子它们能不能听得懂，这段对话我都不想让它们听见。

“听说德国柏林动物园遭到空袭时，逃脱的黑豹咬死了市民。为此日本也必须把动物处理掉，防患于未然。”

福田看着我说道。

可是这个政策针对的是猛兽呀。我抬起头，瞪着福田。

“大象是食草动物。”我死死地盯着福田，继续说道：

“大象不会攻击人类。猛兽处置的对象难道不应该是食肉动物和毒蛇吗？”

“你说得没错，但如果轰炸和火灾让它们受惊了怎么办？”

福田看着我，劝说道：

“它们体形那么大。发狂了怎么办？约翰当初也不是要故意伤人。可是一旦它们一个微小的动作伤到人，就会被扣上‘大象危险、杀人象’之类的帽子。”

我咬着嘴唇垂下了头。

“这是命令。必须杀掉。”

怎么会这样……我不愿意，我不愿意！

我没有抬脸看他，只是摇头。

“花子和团希都是性情温顺的孩子，都很听话。它们最亲近人类了。”

我不甘心。花子做了什么？团希更没有犯过任何错误。

即便如此也要杀掉！委屈的泪水涌了出来。

“菅谷，现在在打仗。人和人都在自相残杀。”

愤怒让福田的声音都颤抖了。

疯了。

这是唯一的解释。究竟为什么要打仗？人类为什么一定要自相残杀？

为了名誉、金钱？但是什么又能比生命更宝贵呢？

剥夺无辜的动物的生命，是谁赋予了人类这样的权利？

但是这些话不能说出口。

这种罪名叫作“反对战争”。

说这些话会被定性为“非国民”，并且会遭到逮捕。有时报纸还会刊登被逮捕的新闻报道用来以傲效尤。

我一动不动地低着头。

“菅谷，把团希移交给仙台动物园吧。”

我抬起头。

对呀，可以把大象送出东京，藏在别的地方，直到战争结束。

“我再去找找，看有没有别的地方愿意接收花子。”

“拜托你了！”

福田点点头，走出象馆，向办公室相反的方向走去，应该是去查看其他动物的情况了。

自从进入这家动物园，福田二十年如一日地坚持巡视动物。动物们也都熟悉福田，只要他的脚步声靠近，动物就知道是他来了。

脖子倚靠在水池台阶上呼呼大睡的河马，一听见福田的脚步声，马上游到水池的栅栏旁边，张开大嘴，意思是让福田赶快抚摸它。

听见福田脚步声的狮子、豹子、老虎，有些会蓦然起身，也有一些反而会睡得更加香甜。

然而，福田今天巡查动物园时，是怎样的一种心情？当他凝视着狮子、熊的脸，他的心里又在想些什么？

这样一想，我便感到一阵揪心般的难受。

第二天，晨会时福田向全体饲养员传达了猛兽处置命令。

饲养员们木然地听着。该来的终究还是来了。尤其是负责狮子、老虎、熊以及刚刚引进动物园的鳄鱼的饲养员们，似乎早已经有了心理准备。

这天闭园以后，第一头猛兽被杀掉了。那是一头六岁的雌性乌苏里棕熊，虽然体形巨大，但是稚气未脱，乖巧可爱。

它毫不犹豫地吃下了自己信任的饲养员喂给它的红薯，那个红薯里掺入了三克硝酸士的宁。

两分钟后，它的手脚开始抽搐。

它身体痉挛得越来越剧烈。经过二十分钟痛苦的挣扎，断气了。

每种动物应该下多少药，怎样才能迅速致死，这些我们都一无所知。一直以来，我们都在保护动物的生命。我们只知道治疗动物的药量，怎么会知道杀死动物的药量。

入夜，乌苏里棕熊的饲养员在动物园昏暗的角落里低声啜泣。

我没有上前安慰，而是就那样呆呆地伫立在原地。

3. 化为泡影的疏散计划

一头又一头猛兽被杀死。

或是因为毒药量不够，或是因为吃到一半把有毒的食物吐了出来，绝大多数动物都饱受折磨，求生不得，求死不能。

每到这个时候，饲养员们就会用绳子勒住它们的脖子，或者把绑着手术刀的棍子刺入它们的心脏。对于饲养员来说，这不亚于人间地狱，甚至比地狱还让人痛苦。

这些都是抚育多年的动物。

它们感冒了、肚子疼了，饲养员们都像对待自己的孩子那样精心照料。现如今，竟然让饲养员们亲手杀死它们。

我也协助处置了很多只动物。紧接着我就梦到自己被狮子袭击了。

“救命啊！”

我大叫一声从梦中醒来。冷汗已经把衬衫的领口浸透了。

大象馆内，约翰一天天虚弱下去。

花子和团希也被认定为“猛兽处置”的对象，同样要被饿死。

但是我仍然坚持给花子和团希喂食。我希望它们能健健康康地移交给外地的动物园。

代理园长福田给大阪的天王寺动物园写了信，询问他们能否接收花子。

“再这样下去花子就要被杀掉了，希望你们帮帮忙。”

他想在信中如实相告，但是又不能这样写，因为“猛兽处置”是机密，就连工作人员的家属都要瞒着。

天王寺动物园回信了。我们满怀希望地拆开信，可是信上写着“无法接收”。原因是大阪与东京同样危险。

后来我们才知道，原来天王寺动物园也接到了“猛兽处置”的命令。就在上野动物园杀死第一头乌苏里棕熊的半个月后，9 月 4 日，天王寺动物园也开始执行猛兽处置命令。

但是天王寺动物园的园长不能在信中明说。

花子的疏散地没有了着落。那么至少要让团希顺利前往仙台动物园。

我前往国铁（现在的日本铁道公司）田端站，与货物部门的人商讨。

“从田端岛仙台，大象的运输费是一百三十日元。车厢改造的木工费、材料费五十日元。陪同大象的人，单程三日元，一共是一百八十三日元。”

为了运输团希，货物部门的人做了很多准备。

警察也批准团希可以从动物园步行前往车站。

仙台动物园的代理事务长还特意来到东京。出发的日子也敲定了，准备工作一切就绪。

团希就要得救了。

可惜，功亏一篑。

移送计划被东京都长官叫停了。

“中止？”福田的话让我费解，“中止，是什么意思？”

“东京都长官下令杀死大象。”

“为什么？仙台动物园、国铁、警察，都没有问题，为什么不能运走？”

“为了向国民展现战争的艰辛。”

我一时失语，我听不懂福田在说什么。

“似乎是战况不佳。”

什么？我盯着福田的脸。战争不是快打赢了吗？不是再加把劲就能把美国打垮了吗？

“新几内亚岛的部队击溃了敌人疯狂的反扑，完成了此次任务。”

“正在瓜岛战斗的部队将处于兵力优势的敌军压缩至岛屿一隅，经过激战击溃敌军。现已转入下一个战场。”

在收音机和报纸上，日军始终是捷报频传。

难道这都是谎言？

事实上，被打垮的是日军。所谓“转入下一个战场”，其实就是丢盔卸甲，溃不成军。

“这样下去日本必然战败。如果日本的老百姓还不振奋精神，那么战事就真的危险了。口头宣传已经不起作用了，但是动物园的猛兽处置，能够通过实际行动向老百姓传递战争艰辛的信号。”

杀掉猛兽，就能让东京市民们意识到空袭近在眼前。

而且如果更进一步，让老百姓认为美国才是杀死这些可爱的动物的罪魁祸首，那么就能让他们更加斗志昂扬，与美国战斗到底。

“因此，必须杀掉。”

福田从嗓子里挤出这句话。

我目瞪口呆。

就是这个理由？为了这种理由，就要眼睁睁地把这么可爱的团希，把这条明明能够得救的性命给残害掉吗？

这种想法让人匪夷所思。

“没有任何办法了吗？”

最后，我仿佛是在自言自语一般，又问了一遍。

“希望你能理解。”

福田低下了头。

决定不可违背。是命令就要绝对服从。

从那天起，我被禁止进入饲料仓库，钥匙也被收走了。

终于，花子和团希被禁止进食，目的是要置它们于死地。

之后的一个星期，我把脑子彻底放空了。

原本我应该思考如何准备食物和水，来保证花子和团希的健康，还要思考如何带领它们学习杂技。这些是我的本职工作。

现在不用喂食，也不用训练杂技。

即便来到大象馆，也只能无所事事地看着这两头大象。

花子和团希很快便发现了我的异样。它们很疑惑，为什么到了时间我却没有拿来水和食物。

这样的日子还不知道要持续多少天。

这可怎么熬……

至少给它们刷刷后背，让它们干净一点吧。

我心里想着，单手拎着刷子走进大象馆。

就在这时，团希突然跪下前腿，高高扬起鼻子。这是我教给它的一个杂技动作。

“团希……”

每次它出色地完成动作，我都会奖励给它吃的。因此它以为只要表演杂技，我就会像以前那样给它吃的东西。

泪水在我的眼眶里打转。

我没有喊出一个口令，也没有发出一个信号。

团希却表演起了杂技。

一次又一次地扬起鼻子。

对不起，对不起了。

我走到团希身边，抚摸着它的脸。

肚子饿了吧。嗓子渴了吧。对不起，我不能喂你。

我把脸贴在团希身上，放声大哭。

有什么东西在我身上游走。我抬头一看，只见团希的鼻子正在摸索我的口袋。

它的鼻子是那么灵活。

“呼哧呼哧”，团希的鼻息拂过我的手。它的脸和身体还是温暖的。它还活着，还活得好好的。

我忍无可忍，飞身跑出大象馆，向饲料仓库奔去。

那里应该还有吃的。还有给长颈鹿、山羊、鸟类吃的蔬菜和树叶。

“咣当！咣当咣当！”

门上拴着锁，打不开。

可恶！可恶！快把门打开！

“菅谷！”一个饲养员跑了过来，“菅谷，住手！”

“你别管！给我把门打开！”

“不行！”

“求你了，求你了……”

我哭着跪在地上。求你了……

“对不起，菅谷，还是放弃了吧。”

饲养员把手放在我的肩上，流着泪说道。

我蹲在地上一边哭一边想：

“没有任何办法了吗？就没有什么能给团希和花子吃的东西了吗？”

哪里才能找到食物……

对了，我家！

“菅谷，等等，你要去哪儿？”

我没有回答，向自己家跑去。

回到家里，打开厨房的菜箱，里面只剩一颗土豆了。这颗土豆原本是要晚饭全家人分着吃的。我要是把这颗土豆拿走，妻子孩子怎么办？

但我现在只有一个心思，那就是给团希找吃的。

“抱歉了！”

我哭着说道，然后抓起土豆跑向动物园。

8 月 20 日，禁止喂食之后的第十七天。

约翰死了。

它六岁就来到了日本。它会被老鼠吓得躲到我的身后。由于意外伤人，它被认定是野性难驯，此后的十九年它一直锁着锁链，直至死亡。每每想到它，我的心中就充满愧疚。

为了未来的大象科研，约翰的尸体将会被解剖。

重达四吨的约翰的尸体根本无法移动，因此解剖只能在大象馆就地进行。在长达几个小时的解剖过程中，花子和团希一直在运动场，没有让它们返回大象馆。

也许，花子和团希已经知道约翰死了。

也许，它们也知道自己将会遭遇同样的命运。

约翰死后，猛兽处置仍在继续。

动物园的服务站和猛兽馆分别贴着两张纸，上面写着“正在施工，无法观看猛兽”，依然在拼命遮掩对猛兽的处置工作。

4. 动物葬礼的意义

约翰死后，美洲野牛也被杀掉了。

紧接着第二天报纸上铺天盖地都是猛兽处置的新闻。

尽管动物园遮遮掩掩，但是人们还是隐隐察觉到了端倪。其实，最主要的原因在于猛兽处置的目的就是为了煽动大家的战争危机感。将其掩饰起来，反而失去了意义。

想必是有人躲在暗处，一直在窥探着发布新闻的时机。

报纸刊登动物园杀死美洲野牛的消息，而美洲野牛与美国密切相关，这便进一步点燃了民众“打倒美国”的情绪。

上野动物园决定为被处置的动物举行葬礼。希望能借此仪式抚慰死去的动物们的灵魂，让它们能够安然长眠。

供品堆积如山，都是动物们爱吃的生肉、鱼、蔬菜。葬礼声势浩大，东京都的长官领衔，日本动物园水族馆协会会长等五百多人出席。

东京都长官宣布，美洲野牛是最后一头被处置的猛兽，全部猛兽处置工作就此结束。但此时花子和团希还活着。

葬礼会场与大象馆只有一步之遥。

葬礼期间，大象馆悬挂着黑白幕布，内部被遮挡得严严实实。而在幕布后面，就是已经长达十天水米未进的花子和团希，它们瘦得皮包骨头，依然顽强地活着。

我一直守候在两头大象身边，没有去参加葬礼。

我不知道它们会在何时离我而去，我只想陪这些孩子多待一会儿。

花子和团希已经无法自己站立了，它们一直倚靠着象馆角落的铁栅栏。

健康的大象会卧倒在地，但是当它们身体出现问题的时候，就绝对不会躺下。因为与生俱来的本能告诉它们，一旦躺倒就再也起不来了。

如果它们起不来，沉重的内脏就会挤压肺部，导致它们无法呼吸。因此倒下的大象都活不了几天。

倒下意味着死亡。它们拼命倚靠栅栏站立求生的姿态令人心碎。

自从无法活动，花子的目光就没有离开过我。

只要我来到象馆，它的目光就一直在我身上，追寻着我的一举一动，似乎在问：

是不是要给我拿水喝了。今天会不会给我东西吃。

我心中痛苦万分。

葬礼结束了，代理园长福田来到了大象馆。

我悄悄藏在团希背后，但福田还是一眼就看到了我。

我们俩视线交汇，我条件反射一般把目光移开。

福田怔怔地站着，一句话也没有说。我又看向他，只见他正抬头望着团希，表情仿佛在说：

“瘦多了啊。”

我看着他，那句“瘦多了吧”同样没有说出口。看到眼前这幅场景，任何语言都是多余的。

福田走上前，温柔地抚摸着团希的脸。看来他心里也不好受。

“不好意思，团希和花子，都拖了这么久……”

我只开口说了这么一句话。

我从家里给它们拿过土豆，也给它们喂过水，但是我能做到的也只有这些了。

起初还能做杂技动作的团希也渐渐动不了了。中途喂水，只是徒增它们的痛苦而已……

我决心已定。

5. 再次成为没有大象的动物园

9 月 11 日，花子死了。

死去的时候，它保持着站立的姿势，右侧的前后腿完全弯折，左侧的腿半弓着，仿佛要倚靠在铁栅栏上。

直到最后一刻，它也绝不倒下，直到最后一刻，它也没有放弃生的希望。

团希一直在用鼻子触碰着一动不动的花子，令人目不忍视。

花子死去的那天，六个月大的小豹子也被杀掉了。这些刚出生不久，还像小猫一样可爱的豹子原本是要移送至香川县高松市的动物园，然而这个计划最终还是被否决了，上面勒令杀掉它们。

花子，以及那些无比可爱的小豹子的死，深深地伤害了我们所有人。

花子死后，团希的处置便成为当务之急。因为根据之前东京都长官的命令，8 月 16 日开始，要在一个月之内完成处置。

9 月 14 日，十几个陆军兽医学校的人前来处置团希。虽然毒杀约翰失败了，但是此时团希已经饿了很长时间，应该会吃下毒土豆。

但是团希坚决不吃。

人们又将氰化钾溶入水中，想要让它喝下去，但是它的鼻子碰也不碰被投毒的水。

无计可施的陆军兽医学校的人又回去了。

当晚，我寸步不离地守着团希。福田也在旁边。

有时团希倚着栅栏打个盹，然后还能抬起身子，依靠自己的力量站一会儿。

有时散步十分钟，然后突然停住，站在原地晃动鼻子。

过了凌晨两点，团希把鼻子伸到我面前，向我要吃的。在明白我什么也不会给它以后，它又一动不动地站着，像是心灰意冷了一般。

之后，它开始排便。它用鼻子吸起地上的小

便，喷洒在后背上。

没有水喝，也不能玩水。

它向后背喷水，应该是想让身体凉快一些。又或者是后背干裂，它疼痛难忍。

我们还要折磨团希到什么时候?

9月23日晚，团希在大象馆的一个角落静静地停止了呼吸。

死亡时间是凌晨两点四十二分。

团希，对不起。对不起。以后在天堂尽情地玩水吧。

没有了猛兽的动物园。没有了大象的动物园。

我们来当饲养员，究竟是为了什么?

6. 战败

花子和团希死后，战争仍未结束。

在大象们被杀死一年半以后的 3 月 10 日夜晚，东京终于遭到了大规模空袭。B-29 型轰炸机雨点般地在平民区周边投下了燃烧弹。

防空袭训练曾经反复操练过这样的内容：

发现燃烧弹后，应拼命敲打金属器皿，提醒周围的人尽快灭火。

然而，真正的燃烧弹又怎么会是如此小儿科的东西。燃烧弹能释放出两千摄氏度的高温，一枚燃烧弹就能让直径五十米的圆形区域变成一片火海。

火焰熊熊燃烧的声音。爆炸声。叫喊声。

大火就像一道无法穿越的墙，旋涡一般将房子、人卷入其中化为灰烬……

从上野向东方眺望，那边的天空被照得通红。

几百具烧成焦炭的尸体被运到上野站旁边，堆得像小山一样。

4月13日，东京再次遭到空袭。燃烧弹也落到了上野动物园。

空袭过后我们返回园区，发现燃烧弹正中大象馆，除了运动场的砖墙，其余都被夷为平地。

一切都荡然无存。

即便当初花子、团希和约翰没有被杀掉，在这场空袭中可能也难逃一死。

四个月后的1945年8月15日，日本战败。

漫长而又痛苦的战争结束了。

日本死亡人数超过百万。

死者不仅有军人，还有被卷入战争的不计其数的平民百姓。

上野动物园在战争中处置掉的动物，一共二十七只。

尾　声

1949年，在空袭中化为焦土的东京也逐渐重建。

纵然是大象都被杀掉，纵然是日本战败，动物园也从未闭园。

代理园长福田宣布：

“只要还剩一粒粮食，动物园就绝不会关闭。”

为了胜利，不惜夺走花子的生命，夺走团希的生命，不惜杀死约翰、狮子、老虎、熊等众多的动物。

不能因为战败，就轻易关闭动物园。

战败前夕，食物短缺，动物园饲养了山羊、鸡鸭等可供食用的动物，有一段时间动物园简直就是一座牧场。不过，战争结束后，动物园也慢慢地恢复原貌。

我们想要再次看见孩子们的笑脸。

于是在动物园内建造了“儿童动物园”。

猴子担任司机，驾驶着“猴子电车”，载着孩子们在园中行驶。

孩子们成群结队地来到动物园。大家能够绽放笑容，忘却生活的苦难，哪怕只是短暂的片刻时光，也让我们感到欣慰。

可是，没有猛兽的动物园太冷清了。

没有体形庞大而又讨人喜爱的大象，就不像一座动物园。

“我们要看大象，动物园要有大象”的呼声越来越高。

上野动物园所在的台东区举行了“台东区少年儿童议会”，通过了“想要大象”的决议，并且提交给了真正的国会。

两名初中一年级的学生代表“台东区少年儿童议会”，恳请在战争期间保全了大象生命的名古屋市东山动物园“把大象借给东京的孩子们”。

很遗憾，这个愿望未能实现，不过国铁为了能让孩子们前去参观大象，开设了大象专列。

东京的一千一百五十名孩子乘坐“大象号”奔赴名古屋，两头大象则在东山动物园的大门口，用鼻子摇晃着旗帜欢迎孩子们的到来。

日本的孩子们迫不及待地想要见到大象。

这个消息传到了印度总理尼赫鲁那里。尼赫鲁总理将一头与自己女儿英迪拉同名的印度象赠送给了日本。

后来泰国又送给了日本一头印度象。

9 月 2 日，我抵达神户港，迎接从泰国而来的大象。熟悉的神户港。十四年前迎接花子的情景，仿佛就在昨天。

这头来自泰国的大象名叫卡恰子。“卡恰”在泰语里是“大象”的意思。它还很小，比团希刚来日本的时候还要小得多。

我伸手抚摸刚下船的卡恰子。

自从花子死后，我已经有六年没有触碰到大象。当我的手掌再次感受到大象的体温时，泪水夺眶而出。

“你来了。欢迎回家。对不起。谢谢你。”

我心中百感交集。

大象，就在我的眼前。

卡恰子晃动着鼻子，嗅着我的气味。

“噗嗤噗嗤……”卡恰子的鼻子四处摸索。

当它不声不响地发现香蕉时，便用鼻子灵巧将其卷起放入口中……

我慨叹着来之不易的和平。

动物园在全日本为卡恰子征集名字，最后定名为“花子”。

9 月 23 日，另一头印度象英迪拉抵达芝浦港。跟随它一同到来的是印度总理尼赫鲁的一封信。

大家好，这头大象的赠送人不是我，而是印度的孩子们赠送给日本小朋友的。全世界的孩子在很多方面都是相似的。尽管当他们长大以后，有时会发生冲突争执。我们必须阻止这种成年人的冲突。我希望印度和日本的孩子长大成人后不仅能够报效自己伟大的祖国，还能够为亚洲和全世界的和平合作贡献力量。

大象是一种与众不同的动物，在印度深受人们喜爱，是印度的象征。大象头脑聪明，忍耐力强，力大无穷，性格温顺。

希望我们都能够学习大象这些优秀的品质，也希望你们能够接受我们的善意和友谊。

贾瓦哈拉尔·尼赫鲁

动物园是和平的象征。

衷心希望这个世界可以让动物无忧无虑地生活。

拔河比赛中的花子。东京动物园协会提供

参考资料：

《上野动物园百年史》恩赐上野动物园

《上野动物园实录》福田三郎

《动物园物语》福田三郎

《上野动物园》小森厚

《上野动物园的另一段历史》小森厚

《动物园的昭和史：叔叔，你为什么要杀狮子》秋山正美

《大象的眼泪》涩谷信吉

《太平洋战争下的学校生活》冈野薰子

年　表

1882年3月20日　动物园开园。平日门票1钱（100钱等于1日元）。当年游客人数为205454人。

1924年　为了庆祝皇太子（后来的昭和天皇）成婚，动物园划归东京市。10月23日，购买印度象“约翰（6岁）”和“团希（4岁）”。

1925年5月2日　印度人巴耶萨普·伽马赴日担任驯象师。大象杂技大受欢迎。

1927年12月15日　日本首座无栅栏动物馆——北极熊馆落成。

1931年9月5日　驯象师石川代次郎被“约翰”的象牙刺死。12月1日　埃塞俄比亚皇帝赠送日本一对1岁的狮子“阿里”和“卡特里娜”。

1933年　开设散养各种幼年动物的“动物幼儿园”。

1935年6月5日　暹罗儿童访问团将一头印

度象“旺莉”赠送日本，这头象被定名“花子”。驯象师维多拉·诺帕库随同“花子”一同抵达日本。开始向饲养员菅谷吉一郎传授驯象技巧。

1936 年 7 月 29 日　古贺忠道园长应征入伍。12 月 8 日　日本向美、英等国宣战。太平洋战争爆发。当年游客人数创下 3248068 人的历史记录。

1943 年 8 月 13 日　毒杀“约翰”失败。开始停止向大象喂食。8 月 29 日“约翰”死亡。9 月 11 日“花子”死亡。9 月 23 日“团希”死亡。

1945 年 4 月 13 日　动物园遭到 150 枚燃烧弹轰炸。大象馆烧毁。8 月 15 日　日本战败。

1949 年 9 月 2 日　一头印度象从泰国抵达日本。这头大象被定名为“花子”。9 月 23 日　印度总理尼赫鲁将印度象“英迪拉”赠送日本。

后　记

我其实并不擅长创作包含生离死别的故事。因为我会抑制不住自己的泪水。

这一次依然是泪流不止。从这个角度来说，这本书实在是糟糕透顶。何况它又不是单纯的“死亡”，而是“必须杀死不可”。

在写这本书之前，我曾在上野动物园的资料室查阅了大量资料。当我在资料中看到饲养员们将动物一个接一个杀死，想象着那种惨状和饲养员们不得不痛下杀手的心情时，我常常独自一人在资料室里抹眼泪。

亲手杀死自己精心喂养的动物，这是多么痛苦的一件事。据说时任代理园长、负责动物处置的福田在一个月内整整瘦了八公斤。

饲养员们只是想让动物存活下去。然而，就连这样一个再寻常不过的愿望最终也未能如愿。

可这就是战争。人类的自相残杀。打着献身国家的旗号，让十来岁的年轻战士驾驶着没有装载返程燃料的飞机去撞击敌人的军舰。为了不被敌人发现人们的藏身之所，母亲亲手闷死了不停哭泣的孩子。

这就是战争。

我花费数日时间，读完了资料室里堆积如山的资料，心情十分沉重。我不禁在想，如此痛苦的一个故事，是否应该介绍给“青鸟文库[①]”的读者？

当我走出资料室，屋外便是如今安宁祥和的上野动物园。大人小孩，每个人都笑容满面地观赏动物。即便是坐在婴儿车上的小宝宝，同样也笑呵呵地享受着人与动物共处的悠闲时刻。

倏忽之间，我意识到现在已是 4 月初了。而提醒我的正是上野动物园花开正盛的几十棵樱花树。

樱花花瓣轻舞飞扬。

---

① 日本讲谈社出版的少儿读物系列，自 1980 年创建起就备受孩子们喜欢。——编注

我的目光追随着像跳舞一般从碧空中飘落的花瓣，想起团希也曾追逐过这些樱花，不禁期望日本能有更多这样欢乐的记忆。

团希曾在这座上野动物园生活。

约翰、花子，狮子阿里和卡特里娜，以及许许多多的动物都曾在这座动物园生活。

摩肩接踵的游客曾在这里与动物共度美好时光。

此外，我还希望让更多的人知道饲养员对这些动物是多么的疼爱。这些便是我创作这本书的初衷。

非常感谢你阅读这本书。

读完以后你是否也心情沉重？

你哭了吗？

如果是的，向你道一声抱歉。

不过，如果你在读完以后感到“战争是多么荒唐，在战争中被屠杀的动物是多么可怜”，哪怕这感受只是微乎其微，我也非常高兴。

怎样才能避免战争？

如果你真的拥有这个想法，那么就去博览群书吧。去阅读描写外国风土人情的书籍，阅读外国人写的书。

然后去广交朋友。假如你力所能及，就去学习外语，结交外国朋友。

国家不同，思维方式、文化习俗、价值观都多多少少有所差异。

关键在于要认识到这种“差异”。思维方式不同，意见自然相左。

虽然世界各地的人们千差万别，但是有一点是放之四海而皆准的。

这便是“对幸福的追求”。

没有任何一个人喜欢矛盾分歧。每一个人都希望能够化干戈为玉帛，大家和睦共处。

认识对方，了解对方，体谅对方。

我认为这是人们拉近彼此距离的第一步，即便思维方式、生活环境各异，肤色、价值观有别。

在写这本书的时候，我得到了上野动物园的饲养员们的大力支持。

特别是大象馆的饲养员，不仅给我讲解了许多有关大象的知识，还带领我近距离参观了大象。

大象庞大的身形（当我站在大象身边，它真的就像是一堵高墙！）、晃动的鼻子（非常灵活！）以及大象馆的气味（堆放在象馆内作为食物的青草的气息！）、大象的脚步声（几乎没有任何声响），都让我连连惊叹。

“大象能够在动物园生活大约五十年，比一位饲养员在职的时间还要长。”

从这句话中，我能感受到动物园的饲养员们养育一头大象的决心，即便这将耗费自己整个的职业生涯，乃至更久。

谢谢你们在百忙之中为我讲述的动人故事。

往者不谏，来者可追。

我始终坚信，一往无前的行动必将带动整个世界。

岩贞留美子

著作权合同登记号 图字 01-2024-4364

图书在版编目 (CIP) 数据

没有大象的动物园 / （日）岩贞留美子著 ；（日）真斗绘 ；姚奕崴译．-- 北京 ：人民文学出版社，2025．（救救动物！）．-- ISBN 978-7-02-019289-2
Ⅰ．I313.85

中国国家版本馆 CIP 数据核字第 2025PM6435 号

责任编辑 李 娜 王雪纯
装帧设计 钱 珺

出版发行 人民文学出版社
社　　址 北京市朝内大街166号
邮政编码 100705

印　　刷 安徽新华印刷股份有限公司
经　　销 全国新华书店等

字　　数 74千字
开　　本 787毫米×1092毫米 1/32
印　　张 5.5
版　　次 2025年6月北京第1版
印　　次 2025年6月第1次印刷

书　　号 978-7-02-019289-2
定　　价 25.00元

如有印装质量问题，请与本社图书销售中心调换。电话：010-65233595